SchreibWerkstatt Gummersbach
HeimatMosaik

SchreibWerkstatt Gummersbach

HEIMAT

MOSAIK

Geschichten und Gedichte

Bibliografische Information der Deutschen Bibliothek
Die Deutsche Bibliothek verzeichnet diese Publikation in
der Deutschen Nationalbibliografie;
detaillierte bibliografische Daten sind im Internet über
http://dnb.ddb.de abrufbar

2. überarbeitete Auflage, April 2017

Layout und Redaktion: !zeichen.seTzung, Uta Lösken,
Reichshof
Umschlaggestaltung: !zeichen.seTzung, Uta Lösken,
Reichshof
Herstellung und Verlag: BoD - Books on Demand,
Norderstedt

ISBN 9-783743-194663

Heimat! Heimat?

Was ist das eigentlich, Heimat?

Ist das der Ort, an dem wir geboren wurden? Aufwuchsen?

Oder der, an den uns das Leben trieb?

Heimat – ein Begriff, der bei jedem eine Vielzahl an Assoziationen wachruft, unterschiedlich besetzt, mal heiter, fröhlich, beschwingt und mal traurig, melancholisch, gehetzt.

Heimat – ein Begriff mit zahllosen Facetten. In diesem Buch begegnen uns eine ganze Reihe von ihnen.

Eine Anthologie, in Gummersbach herausgegeben, beleuchtet natürlich auch die oberbergische Heimat. Politische Fehlentscheidungen, die einem Ort ein Stück seiner Geschichte nehmen – wie in Uwe Vitz Text einer gefällten Buche. Die Idylle eines typischen Spätsommertages, warm verpackt in die bergische Mundart von Angelika van Kerkom. Und dann die zauberhafte Suche nach den vielen verschiedenen Stimmungen des oberbergischen Grau, auf die sich Monica Buchfeld begibt.

In diesen Zeiten steht die Flucht von Millionen Menschen aus dem Nahen und Mittleren Osten zu uns nach Europa im Fokus. Ein Thema, das auch einige unserer Autorinnen beschäftigt. Was bedeutet es für einen Menschen, seine Heimat zu verlieren? Und wie gehen wir hier im so sicheren und satten Deutschland mit dieser Problematik um? Haben wir unsere eigene, deutsche Geschichte von Flucht und Vertreibung vergessen? Brigitte Troeger fragt danach, wie es hierzulande um die Bedeutung und Lebendigkeit des Glaubens steht – unseres und des vermeintlich fremden.

Natürlich darf auch der Blick zurück in die Kindheit nicht fehlen. Annelie Joram und Dorothee Hövel-Kleibrink lassen uns nachspüren, wie das sich verbreitende Gedankengut des Nationalsozialismus diese sorgenfrei-glückliche Zeit vergiftet. Mit Uta Lösken wandern wir durch deren Heimatstadt und meinen, den Geschmack der Kinderzeit wieder einzufangen. Vom Kohlenpott nach Wiehl führt uns die Geschichte von Heidi Binn und vermittelt den Unterschied zwischen dem Leben in der Stadt und auf dem Land. Die Enge eines vom Rhythmus der Kirche bestimmten Dorflebens erahnen wir im Text von Andrea Niehr. Und Karin Nagelschmidt führt uns eindringlich das Scheitern des Versuchs vor Augen, der bitteren Realität der Demenz Erinnerungen an vergangene Zeiten entgegenzusetzen.

Auch die Natur und die Jahreszeiten lassen uns den Duft von Heimat spüren. Nehmen wir es noch wahr, das Vogelzwitschern in der Morgendämmerung, von dem uns Conny Heitmann erzählt?

Heimat finden auf Reisen – auch das ein wesentlicher Aspekt. Die Antwort finden wir immer wieder beim Anblick des Meeres. Vielleicht ein archetypischer Heimat-Anteil in jedem von uns?

Heimat finden im anderen und mit dem anderen – ein wichtiger Gedanke in den Gedichten von Christine Scharlipp.

Und so enden wir wieder bei der Frage: was ist das eigentlich – Heimat? Petra Dehler fragt in ihrer Geschichte, ob uns das Gefühl für Heimat verloren geht, wenn wir als junge Menschen hinausziehen in die Welt. Was uns in jedem Fall bleibt, da ist sich Ulrich Bienert sicher, ist unser Zuhause als ein Refugium selbst dann, wenn es allzu unwirtlich scheint um uns herum.

So setzen die Autorinnen und Autoren der SchreibWerkstatt Gummersbach ein buntes Mosaik zusammen aus heiteren und traurigen, fröhlichen und melancholischen Ansichten über den so weit gefächerten Begriff der Heimat.

Und was, liebe Leserin, lieber Leser, ist Heimat für Dich?

Andrea Niehr für die SchreibWerkstatt Gummersbach

Monica Buchfeld

Ich lebe in einem Land des Grauen

Anders vermag ich es nicht zu nennen. Denn je mehr ich mich damit befasse, desto vielfältiger wird es. Desto grauen voller wird sie. Meine Heimat Oberberg.

Als ich vor mehr als 50 Jahren hierher zog, war ich noch zu jung es wahrzunehmen. Ich muss so 15 oder 16 gewesen sein, als es mich packte.

Ich erinnere mich – diese Tage im November. Allerheiligen. Buß- und Bettag. Da saß ich in meinem Zimmer und blickte hinaus. Versuchte auszumachen, wo das diesseitige Ufer des Genkelarmes endete und das jenseitige begann. Starrte auf die schemenhaften Tannen vor unserem Haus. Schaute mir die Augen aus dem Kopf.

„Waschküche", sagten die Leute. „Scheußliche Suppe."

Und natürlich „Typisch November." Vermochte ich etwas wahrzunehmen, was sie nicht sahen? Hatte nicht selbst der typischste Novembertag sein Farbenspiel?

Jahre später las ich, dass die Inuits, die Eskimos, mehr als 40 Bezeichnungen für „weiß" kennen. Ich verstand nur zu gut und begann das Grauen in Oberberg beim Namen zu nennen.

Nebelgrau. Regengrau. Dämmerungsgrau. Frühjahrsabendgrau:

Zuerst ein ferner, hellgrauer Schleier, der – unmerklich fast – immer dichter und dichter wird. Näher kommt. Bis er beim nächsten Hinblicken bereits ans Fenster reicht. Aus der Tiefe heraus dunklere Töne annimmt. Aus deren mittlerweile verschwimmenden Bereichen hier und dort ein Licht aufflammt. Bis die Dunkelheit das Grau aufsaugt – spurenlos.

Fernegrau:

Die Konturen der hintereinander sichtbaren Hügel. Aneinandergeschmiegten Tierleibern ähnlich, ruhen sie vor dem blaugrauen Horizont. Dein Verstand weiß, dass sie mit Fichten bepflanzt sind. „Grün", sagt er. Dein Auge sieht: dunkles Grau. Grüngrau. Tannenwaldgrau. Kaum zu unterscheiden vom Laubwaldgrau. Das Wiedererkennungsvermögen registriert die unterschiedlichen Umrisse. Laubwaldumrisse. Das Auge sieht grau. Erst beim Näherkommen tritt das Grün hervor.

Frühnebelmorgengrau:

Ein undurchlässiges, weißgraues Tuch. Das sich entgegen der Abenddämmerung entdichtet. Als würde eine überdimensionale Weberin ihr eben fertiggestelltes Bild wieder auflösen. Führe mit ihrem Weberschiffchen her und hin. Und jedes Her und jedes Hin lässt die Konturen der Umgebung ein wenig deutlicher hervortreten. Nur, dass sie ihre Arbeit vom Betrachtungspunkt her auflöst.

Und so werden sie sichtbar. Steigen aus dem Morgengrauen, das sich vom Undurchdringlichen allmählich zum Transparenten lichtet, heraus. Die Weide. Der dahinterliegende Wald. Das Dorf. Verschwommen zuerst. Angedeutet nur die Konturen der Gebäude. Du ahnst wieder mehr als du siehst. Das da ist die Scheune. Dort tritt, weiß jetzt, die Siedlung hervor. Und dahinter, rechts und links, tauchen die Täler und Bergrücken aus dem Nebelgraudunst hervor. Der Wald vor dem Dorf hat bereits seine eigenen Farben angenommen. Tannengrün. Buchen-, Eichen-, Lärchengrün.

Die dahinterliegenden Wälder halten sich noch grau-gedeckt. Je näher sie dem Auge sind, desto dunkler, ähnlicher werden sie ihrer eigentlichen Färbung.

Ich sammle Farbtöne. Lasse flanell- und stahlgrau hinter mir. Suche Namen. Neue Namen für all jene Schattierungen, die mir hier begegnen. Freu mich auf jede Neuentdeckung.

Frühjahrsmorgengrau. Herbstnebelgrau. Mittwintermittagsgrau. (Nicht zu verwechseln mit Spätwintermittagsgrau!) Jedes für sich einmalig, unwiederholbar, unwiederbringlich. Schön.

Schön, ich lebe in einem Land voller Grauen.

schlaf los

an den rändern
deiner träume
warten

die bilder
der noch un
zerstörten heimat

verheißen
für einen
kostbaren moment

angst freies
trug loses
flucht armes

da sein

erwachen ist
schmerz

ihr satten

ohne kenntnis
von angst
flucht tod

gelangweilt

zieht ihr euch
zurück in

virtuelle welten
aus

action & abschuss
& siebenmalsieben
leben

verspottet

unsere sehnsucht
tief

Erde

Mutter Erde
lebendiger Planet
hast dich oft verändert
mehr als in Büchern steht
:Mutter Erde:

Du bist eine Schönheit
aus der Ferne ganz blau
gibst mir ein Zuhause
wo auch immer ich bin
stets und überall
weiß ich mich auf dir daheim

Aus dem Urknall heraus
vor mehr als 13 Milliarden Jahr'n
hast du dich entwickelt
Rodinia
hieß dein erster Kontinent
der längst auseinander brach

Erde, ich stamm von dir
Erde, ich leb auf dir
meine Heimat – Erde

Erst folgten Gondwana
Avalona und dann
Angara und Pangea
Festland der Enkelgeneration
seit Anfang des Quartärs
zeigst du uns dein heutiges Gesicht

Erde, ich stamm von dir
Erde, ich leb auf dir
meine Heimat – Erde

Du bist ein gastlicher Planet
im unendlichen All
bietest allen Menschen Platz und Nahrung
würden wir doch friedlich teilen
alle Schätze
deiner großen Welt

:Erde, ich stamm von dir
Erde, ich leb auf dir
:::meine Heimat:::
Erde

verlust I

schön*herrlich*phantastisch*wunderbar*fein*
erfreulich*gut*außerordentlich*wundervoll*
beachtlich*auserlesen**bemerkenswert*
ausgezeichnet*brillant***märchenhaft*
fabelhaft**erstaunlich**bezaubernd*
entzückend*einmalig**besonders*
bedeutend*glänzend*großartig*
traumhaft*toll*hervorragend*
hinreißend*prächtig**groß*
göttlich***unvergesslich*
vollendet**himmlisch*
imposant**köstlich*
herzerfrischend*
paradiesisch*
überragend*
exzellent*
herrlich
super
gut
!!
!!

cool

verlust II

leidenschaftlich*außergewöhnlich*sensationell*
unermesslich***herausragend**imponierend*
spektakulär***traumhaft***beeindruckend*
erstrangig****einzigartig*****sagenhaft*
überragend*unglaublich*umwerfend*
phänomenal**vorzüglich**extrem*
spannend*gigantisch*grandios*
hinreißend****überwältigend*
himmlisch***unvorstellbar*
eindrucksvoll*fulminant*
gigantisch*****elitär**
beachtlich**enorm*
unauslöschlich**
formidabel
**einmalig*
kolossal
enorm
toll
!!
!!

geil

verlust III

erschütternd***bahnbrechend***beispiellos*
beängstigend***trostlos***erschreckend*
bewundernswürdig***überraschend**
spektakulär**meisterlich*grausam*
staunenswert****abenteuerlich*
ausgefallen****schicksalhaft*
überwältigend****tragisch*
entsetzlich****furchtbar*
schaurig***miserabel*
*anerkennenswert**
*bedeutungsvoll**
*entwaffnend**
*fatal**elend*
*packend**
kostbar*
extrem
bitter
arg
!!
!!

krass

Annelie Joram

Damals

In der warmen Nacht vom vierten auf den fünften September 1998 um 24 Uhr sitzen wir mit einem Glas Sekt in der Hand auf der Terrasse beisammen und schauen auf die kleinen Flammen der siebzig Kerzen. Vorsichtig schiebe ich sie hin und her, als könnte ich die Vergangenheit noch etwas zurechtrücken. doch gerückt kann nichts mehr werden, alles ist gelebt und erlebt. Bei stillem Nachdenken kann nun ein Film der Erinnerung in Bruchstücken ablaufen.

Wie ein Puzzle will ich versuchen, die Bilder zu ordnen. Den Anstoß dazu geben mir die siebzig Flämmchen an meinem siebzigsten Geburtstag.

1935, ich war fast sieben Jahre alt, begann für mich das Leben ernst zu werden. Mit einem gebrauchten Kinderfahrrad fuhr ich vom ersten Schultag an drei Kilometer nach Bergen und zurück.

Anna, unser Hausmädchen, war für Mutti, für Haus und Hof eine zuverlässige Kraft. Schreiben und Lesen hatte sie nie gelernt, doch sobald ihr etwas deutlich erklärt wurde, konnte sie es auch ausführen. Ihre große und ganze Liebe gehörte uns.

„Wo sünd denn miene Kinner?"

Erst wenn wir, meine Schwester, fünf, und ich, sieben Jahre alt, für sie sichtbar waren, war sie beruhigt. Mit Holzpantoffeln lief sie uns im Schnee entgegen, weil sie Angst hatte, wir könnten in Gefahr geraten.

Eines Tages lag für sie ein Brief im Briefkasten. Anna hatte noch nie einen Brief bekommen und so war ihre Freude unbändig. Mir zeigte sie das Couvert sofort und teilte ihre Freude. Mutti las ihr den Brief vor. Aber warum freuten sich die Eltern nicht mit uns? Ich verstand dies nicht und es wurde uns Kindern auch nicht erklärt: Anna hatte einen Termin bekommen und musste in der nächsten Woche ins Krankenhaus. Der Führer wollte ein erbgesundes Volk. Anna hat nie begriffen, was mit ihr geschehen war.

1938 kaufte Vater Krause einen schwarzen Stöwer mit braunen Ledersitzen. Beide Eltern hatten kurz zuvor ihren Führerschein gemacht.

Ich war nun zehn Jahre alt und wechselte auf das Ernst-Moritz-Arndt-Gymnasium. Zur gleichen Zeit traten alle Zehnjährigen in die Hitlerjugend ein. Jedes Mädchen bekam eine weiße Bluse, einen dunkelblauen Rock, ein schwarzes Tuch, das von einem hellbraunen Lederknoten gehalten wurde, und eine hellbraune Kletterweste mit Runenemblem auf dem linken Ärmel.

Eine neue Welt tat sich uns auf. Anstatt in Hof und Garten zu helfen, mussten wir nun dauernd zum Dienst, zum Ärger unserer Mutter.

Es gab Heimatabende und Talentierte wurden in einzelne Gruppen eingeteilt, z.B. den Flötenchor, den Gesangschor, die Sportgruppe oder die Tanzgruppe.

Alle diese Dinge waren uns Kindern sehr wichtig, obgleich wir merkten, dass unsere Eltern mit diesen Aktivitäten nicht immer einverstanden waren.

Eines Tages wurde ich zum Bann zitiert und dort erfuhr ich, dass mein Vater nicht Mitglied der „Nationalsozialistischen Deutschen Arbeiterpartei", der „NSDAP" war. Verwirrt fragte ich ihn:

„Papa, bist du nicht in der Partei?"

Mein Vater erkannte sofort, was auf dem Spiel stand. Er erklärte mir, dass er als Angehöriger des „Nährstandes" sich von morgens bis abends in den Dienst des Volkes stellen würde und deshalb weder Zeit noch Kraft hätte, um Versammlungen zu besuchen. Wörtlich berichtete ich das meiner Bann-Mädelführerin und die Angelegenheit war für uns erledigt.

Hitlerreden wurden stets angekündigt. Dann stellte mein Vater den kleinen braunen Volksempfänger in den Flur des Bauernhauses, drehte bei geöffneten Türen auf volle Lautstärke, so dass jeder hören konnte. Nur verstehen konnte niemand, was der Führer schrie.

Am 1. September 1939 brach der Zweite Weltkrieg aus.

Papa bekam einen Stellungsbefehl und musste sich, mit den nötigsten Sachen versehen, noch am selben Tag auf einer Sammelstelle in Bergen melden.

Wir weinten und Mutti fragte immer wieder:

„Wie soll ich denn die Arbeit allein auf dem Hof schaffen?"

Für mich war besonders schlimm, dass Papa an meinem elften Geburtstag nicht dabei sein konnte.

Drei Tage später kam ein Anruf aus Lietzow. Papa musste mit einer kleinen Gruppe Männer von der Insel die Brücke zwischen dem kleinen und dem großen Jasmunder Bodden auf der Insel Rügen bewachen. Den Sinn dieser Aktion konnte niemand verstehen.

Mit dem Stöwer fuhren wir in zwanzig Minuten zur Lietzower Brücke und bewunderten Papa mit Uniform und einem Gewehr über der Schulter. Er schien sehr fröhlich zu sein. Mutti packte Kaffee und Kuchen aus und so feierten wir meinen Geburtstag nach.

Links unterhalb der Brücke war der Badestrand. Die Eltern sprachen über praktische Dinge, über Wirtschaft und Ernte, während Alice und ich uns ins Boddenwasser stürzten. Zwei Stunden später fuhren wir wieder heim.

Nach sechs Monaten tapferen Wachdienstes auf der Brücke von Lietzow wurde Vater aus dem Kriegsdienst entlassen. Mutti hatte viele Eingaben an das Wehrbezirksamt in Bergen verfasst und immer wieder darauf hingewiesen, wie wichtig der Bauer Karl Krause für den Reichsnährstand auf seinem Feld sei. Vielleicht war dies tatsächlich der Grund, dass unser Vater nicht mit 43 Jahren ins Kampfgebiet geschickt wurde.

Für ihn war nun also der Krieg zu Ende. Alice und ich fuhren auf unseren Rädern zum Bergener Hauptbahnhof, um unseren Kriegsheimkehrer vom Zug abzuholen. Wir warteten und warteten. Der Zug fuhr ein, der Zug fuhr wieder ab, doch kein uniformierter Vater war zu sehen.
Endlich kam ein Mann auf uns zu, der uns schon einige Zeit beobachtet hatte. Er teilte uns mit:
„Juch Vadder is besoopen in'n Toch bleben un is nu wieder no Stralsund fuhrt. Ji können werrer no hüs gahn!"
Zuhause angekommen, setzte sich unsere Mutter sofort ins Auto, um nach Stralsund zu fahren. Durch eine Hintertür wurde danach ein schwankender, „kranker" Vater sofort ins Schlafzimmer geführt. Schon am nächsten Tag ging es ihm wieder gut und niemand sprach ein Wort über diesen peinlichen Vorfall.

Bald kamen Leute in SA-Uniform und holten für Führer, Volk und Vaterland unser schönes Auto ab: Weg war's!
In der Zeitung stand, dass alles Gold abzugeben sei. Ich hatte gerade meine erste Klavierstunde. Mutti hob den Klavierdeckel, warf ein Zwanzig-Goldmark-Stück hinein und murmelte:
„Nee, das sollen sie nicht auch noch haben!"

Der Krieg ging irgendwie an uns vorbei. Unsere deutschen Arbeiter mussten an die Front und wurden durch polnische, später durch russische Kriegsgefangene ersetzt. Bis das Deutsche Reich zusammenbrach.
Ich konnte das alles nicht fassen, denn die Hitlerjugend hatte uns doch sehr geprägt.

Am 4. Mai 1945 war der Krieg verloren. Als am 8. Mai die Russen auf die Insel kamen und munter durch die Gegend schossen, alles mitnahmen, was ihnen gefiel, und die Frauen vergewaltigten, sagte mein Papa mit Tränen in den Augen:
„Nun kommt für uns der schrecklichste Teil dieser schrecklichen Geschichte!"
Unsere Schweine wurden von den Russen abgeschossen, Kühe und Pferde abgetrieben und Flüchtlinge füllten die Bauernhäuser.
Unsere Polen hüllten uns in Tücher, sangen auf dem Wagen polnische Lieder und brachten uns so, selbst

voller Angst, nach Bergen in Sicherheit, denn auf dem Lande war der Teufel los.
Erst als eine Kommandantur in Bergen eingerichtet wurde, trat etwas Ruhe ein.

Noch vor dem Einmarsch der Russen hatten wir heimlich Papas Gewehre tief ins Moor gesteckt. Er hätte dies niemals erlaubt, denn er war ein passionierter Jäger.
Die ersten Russen durchsuchten das ganze Haus. Sie hätten Papa mit seiner eigenen Waffe erschossen, und er wäre nicht der einzige in unserer Umgebung gewesen.
Die Gutsbesitzer wurden meist schon in den ersten Tagen der Besatzungszeit erschossen. Zu unserem Glück war der Tilzow-Hof ein Pachthof und unsere polnischen und russischen Arbeiter sagten nur Gutes über den Chef.

Es kam dann eine schwere Zeit durch Sollabgaben und alle möglichen Schikanen. Unser Haus wurde mit Russen und Flüchtlingen besetzt, für unsere Familie stand nur noch wenig Platz zur Verfügung. Zwar managte Mutti ihre Sache gut, regelte alles, beköstigte alle, die Hunger hatten. Doch Papa konnte den Verlust seines Viehs nicht verkraften.
Vater quälte sich noch einige Jahre auf diesem so geschändeten Hof. Ab und zu wurde er für einige Tage eingesperrt, wenn das Soll nicht erfüllt oder das Gefängnis nicht voll besetzt war. Man konnte

ihm nie etwas Böses nachweisen, doch sein Mut und seine Kraft erlahmten.

Der Fünfzigjährige wurde in diesen schlimmen Jahren gebeugt und grau.

Unsere Schule war zu einem russischen Lazarett geworden. Es verging ein ganzes Jahr, bis sie wieder frei wurde.

In der Zwischenzeit arbeiteten Alice und ich fleißig auf dem Felde. Die deutschen Männer waren gefallen oder in Gefangenschaft geraten, die polnischen und russischen Arbeiter hatten sich zu Fuß auf den Weg in ihre Heimat gemacht. Viele sind dort nie angekommen.

Als die Schule im Herbst 1946 wieder benutzbar war, warcn wir froh, wieder lernen zu dürfen.

Im Juni 1948 konnten wir zwölf Mädchen und ein Mitschüler in der sprachlichen Klasse das Abitur machen. Glücklich rannte ich durch die Kieskuhle nach Hause.

Für die Eltern war das bestandene Examen selbstverständlich, sie hatten so viele andere Sorgen.

„Prima", sagte Mutti, „dann kannst du mich ja hier ablösen. Dreh mal das Butterfass, mein Arm ist schon ganz lahm."

Doch Papa schenkte mir seine Goethe-Ausgabe, nun war ich wieder versöhnt.

Uta Lösken

Ich bin eine Reisende

Es zieht mich hinaus, über Land, über Grenzen. Hinaus aus dem Alltag, dem Bekannten. Unterwegs sein. Auf dem Weg sein. Wohin?
Die Himmelsrichtungen wechseln. Wälder und Seen im Norden reizen genauso wie grüne Weiden und Steinmauern im Westen oder palmengesäumte Promenaden im Süden.
Reisen, frei sein vom Alltag, von allem, was den Kopf verstopft. Offen für neue Orte und Menschen, für Eindrücke, für Inspirationen.
Das Wohnmobil ist schnell gepackt: Kleidung, ein paar Lebensmittel, Bücher, Fotoapparat, Schreibzeug. Das Haus verschließen und los. Flucht? Vielleicht. Ein Ausbruch auf Zeit.
Weil da immer wieder diese Sehnsucht ist, wenn im Frühjahr die Kraniche über unser Tal ziehen, wenn ihr Rufen durch die Dämmerung klingt.
Weil da eine Sehnsucht ist, wenn mein Blick auf die Hügelkette gegenüber trifft. Eine Sehnsucht nach Weite, nach Unbeschränktheit.
Und so rollt das Wohnmobil über den Asphalt, höre ich das Brummen des Motors, spüre die Vibrationen und freue mich auf das, was kommt.

Je weiter wir fahren, desto mehr verändern sich Häuser und Orte. Ein Dorf im Elsass sieht anders aus als eins in der Provence oder der Bretagne.

Landschaft und Klima prägen die Bebauung, prägen die Menschen. Wie schwer mag es sein, an einem fremden Ort mit fremder Kultur heimisch zu werden? Heimisch werden oder Heimat finden? Ein Unterschied, denke ich.

Ich mag mein Zuhause. Ich lebe gern in meinem Dorf im Oberbergischen. Und das schon über zwanzig Jahre.
Der Blick aus dem Fenster zeigt mir Häuser im Tal mit Fachwerk und verschieferten Giebeln, grüne Wiesen am Hang, Buchenwald und Fichtenbestände. Ich kenne die Wege im Dorf und ums Dorf herum.
Ich erinnere mich an den Jahrhundertsommer, der unsere Wiese fast verdorren ließ, und an Kyrill, der ein Waldstück auf der anderen Talseite über Nacht rasierte.
Ich sehe die Kinder der Nachbarn aufwachsen und ausziehen, sehe die Alten noch älter werden und verschwinden im Laufe der Zeit.
Auf der Straße grüßt man sich, tauscht ein paar Worte. Beim Bäcker wissen sie um meine Brotvorlieben und im Dorfverein wird gemeinsam an der Zukunft gearbeitet.
Manchmal ist mir, als lebte ich dort schon immer. Ist das Heimat?

Wir fahren durch ein Flusstal, das so grün ist wie zuhause. Erlen am Ufer und Wiesen voller Löwenzahn. Vereinzelte Häuser kündigen ein Dorf an. Die

Hauptstraße menschenleer, hier und da vernagelte Fenster und ein Schild „zu verkaufen" an einer Mauer mit bröckelndem Putz.

Der Anblick deprimiert, wir fahren zügig weiter.

Geboren wurde ich in Aachen, bin dort aufgewachsen und über zwanzig Jahre geblieben.

Die Stadt war täglicher Raum, bekannte Wege, vertraute Orte.

Bin zur Schule gegangen, habe mit Freundinnen gelernt und gelacht, die Zeit genossen, die wir hatten. Und wir hatten Zeit, mehr als heute.

Ich erinnere mich an Kindheitssommer voller Abenteuer, an die erste Liebe, die lange hielt und doch zerfiel. An das Ende der Schulzeit, dieses eigenartige Gefühl von Endgültigkeit und ein bisschen Leere. An den Aufbruch ins Erwachsensein.

Damals war mir, als würde ich immer bleiben. Ist das Heimat?

Will ich überhaupt irgendwo bleiben? Für immer? Wenn ja: wo?

Ich bin eine Suchende. Bin ich deshalb eine Reisende geworden? Und werde ich irgendwann ankommen?

Wir nähern uns der Küste, biegen von der Landstraße in einen schmalen Weg, folgen ihm, bis es nicht mehr weiter geht. Auf einem Parkplatz stehen fünf Autos, ein Kleinbus. Wir stellen uns daneben, steigen aus und gehen den Fußweg durch die Dünen.

Ich rieche das Salz in der Luft, der Wind zaust mein Haar. Über mir gleitet eine Möwe und ruft ihr helles „kiu kiu". Mein Schritt beschleunigt sich, auch wenn jeder Tritt schwerer wird, je weicher der Sand ist. Ich spüre dieses Kribbeln im Bauch, das ich schon so lange kenne. Dieses Kribbeln bevor ich es sehe. Schritt für Schritt die Düne empor.

Und dann breitet es sich vor mir aus, bis zum Horizont in der Ferne. Das Meer.

Ich lege den Kopf in den Nacken, schließe die Augen und atme tief. Ich bin da.

Das ist Heimat.

Aachen

Mein halbes Leben dort,
mein halbes Leben fort von dir.
In mir ein buntes Sammelsurium von Bildern.
Dazu Düfte, Klänge.
Wenn es gelänge, sie zu schildern.

Blick vom Lousberg auf die Stadt, die ihren Dom
gebaut mit Teufels Hilfe. Sagen Sagen.
Die erzählen, wie er um den Lohn betrogen, weil
man eine Wölfin durch die Tore schickte.
Ihre Pinienzapfen-Seele riss er an sich, fluchte,
schlug die Tür und klemmte seinen Daumen. Noch
zu spüren, wenn man an der rechten Stelle tastet.
Seine Rache: Einen großen Sack voll Sand vom
Meer, ganz Aachen zuzuschütten.
Einem alten Weib ist es zu danken, dass der Plan
durchkreuzt, der Sack kurz vor der Stadt zurückge-
lassen.
In seinem Innern birgt der Lousberg Muschelscha-
len.

Beim Gang durch mittelalterschmale Gassen Prin-
tendüfte. In Schaufenstern die braunen Rechtecke
aus zähem Teig und Würze.
Als Kind war mir am liebsten die Prinzess, mit Zu-
ckerguss lasiert.
Der Krümelkandis knackt bei jedem Biss, Anis und

Koriander, Zimt, Piment und Nelken schmecken
heute noch nach Heimat.

Als Kind die Nase platt gedrückt am Schaufenster
des „Eulenspiegel". Alter Laden, vollgestopft mit
Niespulver und Luftballons, bunten Masken und
Perücken.
Und dann gab's den kleinen Gummi-Hundehaufen
und das Furzkissen, das ich der Tante unterjubeln
wollte.

Quietschend die Gelenke der Figuren dort am Pup-
penbrunnen in der Krämerstraße. Pferd und Reiter,
Marktfrau und Prälat, Professor, Modepüppchen,
Harlekin. Sie alle stehen für die Stadt. Und Menschen stehen, drehen an den Armen, an den Beinen,
neigen Bronzeköpfe, lachen.

Lachen, Masken, Karneval, die Auszeit in der Stadt.
Ein Lindwurm zieht für Stunden durch die Straßen,
laut bejubelt von den Massen, die an seinen Seiten
winken, Arme recken, um Kamellen einzustecken,
die der Lindwurm unablässig speit.

Die Gedanken wandern durch die Jahre.
Bild für Bild zieht eins das and're nach und
Stimmen klingen mir im Ohr.
Mein halbes Leben dort,
mein halbes Leben fort von dir.
Und spür' doch immer wieder: Du gehörst zu mir.

Oktobermoment

im Bach
steht grau der Reiher

vergilbtes Erlenblatt
schwebt nieder
auf das Wasser
treibt davon

der große Stein
glänzt
Tropfen die schon
morgen
Raureif sind

mich friert
doch weiß ich
dich daheim

Geheimversteck

Schnirkelschneckenhaus
geringelt fröhlich
gelb und braun
spiralig aufgerollt

in deiner Mitte
verstecke ich mich gerne
hin und wieder
im Innersten
verborgen

für eine Weile

ausgeruht
mit Drehwurm
aus dir aufzutauchen
um der Welt
erneut
die Stirn zu bieten

Stillleben mit Katze

du sitzt auf dem Sofa
putzt dir die Pfoten
kämmst dein Fell
mit der Zunge
drehst dich um deine Achse
und rollst dich zum Kreis

dein Pelz hebt und senkt sich
die Schwanzspitze zuckt
von Zeit zu Zeit
ein leises Schnurren
weht zu mir

kein Sturm vor dem Fenster
kein Tropfenschauer am Glas
stört deine Ruhe
du atmest
Gelassenheit und
Vertrauen

Atlas

seit Ewigkeiten
trägst du
diese Welt auf
deinen Schultern
stützt sie
hältst mit ihr
auch uns

doch immer mehr
gerät die Kugel
aus dem Gleichgewicht
und immer schwerer
wiegt die Last

wann
bist du ihrer
überdrüssig
wieviel Zeit verbleibt
bevor du fallen lässt
was lange dich schon
drückt

Karin Nagelschmidt

Bei geschlossenem Fenster

Es schneit schon wieder. Am liebsten würde ich das Fenster öffnen, mit beiden Händen in die Kälte greifen, Flocken fangen, frische Luft tief in die Lunge pumpen und nach draußen schweben, über alle Hügel, weit weg. Doch das Fenster muss geschlossen bleiben.

Dein Schreien macht, dass mein Trommelfell zittert. Noch schwillt es an, ein paar Minuten vielleicht, dann wird es sich verändern, das Röhren wird übergehen in Blöken. Schon längst ist keine Silbe mehr erkennbar, der Mund ein ständig offenes Oval mit zielloser Zunge. Ich lege meine rechte Hand auf deine Stirn, die andere auf den kleinen Hügel, den deine steifen Finger bilden über der Brust. Wenn ich versuche sie anzuheben, um meine darunter zu schieben, wird dein Klagen lauter.

„Es schneit schon wieder", sagtest du vor langer Zeit, als wir am Küchentisch saßen, Mutter und Tochter. Du erzähltest: „Der Dezember '32 war auch so kalt. Zwei Tage vor Weihnachten stand Mutter aus dem Wöchnerinnen-Bett auf, zu früh, wie üblich. Unser Vater war wieder mal unterwegs. Er kam selten vor dem Heiligen Abend nach Hause. Seine Pflicht sah er darin erfüllt, für den Weihnachtsbaum zu sorgen, den er immer am 24. kaufte, weil er ihn dann billiger bekam. Alles andere überließ er Mutter. Das Baby war ihr sechstes Kind. Eigentlich das achte mit den beiden, die im Kleinkindalter gestorben waren. Mutter konnte noch nach Jahren bitterlich um sie weinen. An diesem 22. Dezember tobte jedenfalls ein regelrechter Schneesturm, doch Mutter zog, blass, wie sie war, den Mantel über und setzte den Hut auf. Mir übertrug sie die Verantwortung für die Geschwister. Ihre Große nannte sie mich. Für die anderen hieß ich die Lange.

Wir sahen, dass Mutters Mantel zu dünn für dieses Wetter war und ich bat sie, nicht zu gehen. Dann fingen auch die Jüngeren an, sie solle bleiben. Die dreijährige Thea unterbrach ihr Spiel, lief zur Haustür, um Mutter den Weg nach draußen zu versperren.

‚Ja, soll denn nichts unterm Weihnachtsbaum liegen?‘, fragte Mutter heiter in die Runde. ‚Und keine Nüsse und Apfelsinen auf den Tellern?‘

Wir schwiegen betreten, nur Thea sang fordernd: ‚Hierbleiben! Hierbleiben!‘, und schlang ihre Arme um Mutters Beine, während diese ihren Schal um den Hut knotete. Als sie mich mit einem Blick um Hilfe bat, befreite ich sie von den widerstrebenden Ärmchen und entließ sie in den Sturm, wo sie mit gesenktem Kopf vornübergebeugt gegen den Schnee an schritt.

Wir Kinder versammelten uns um den Tisch.

‚Aus dem dicken Buch vorlesen, Lange‘, forderte Thomas, der nächstes Jahr in die Schule kommen würde.

‚Lies doch selbst.‘

Ich wäre gern bei Mutter gewesen, hätte ihr bei den Einkäufen geholfen, das Tragen abgenommen, aber wer sollte auf die Kleinen aufpassen? Friedrich war unzuverlässig und Elisabeth noch zu jung. Thomas schleppte das Buch mit dem grünen Leineneinband an, schlug gleich eine Seite auf. Der kleine Häwelmann, nun gut. Selbst die Jüngsten hörten zu, wie der kleine Häwelmann in seinem Bett zum Haus hinaus, durch die Stadt und den Wald rollte und am Ende sogar in den Himmel segelte, während seine Mutter seelenruhig schlief.

‚Aber sie ist zu Hause und wartet auf ihren Häwelmann.‘

‚Unsere Mutter ist weggegangen, sie hat uns allein gelassen.‘

‚Sie kommt nicht wieder.‘

‚Natürlich kommt sie wieder, sie macht doch nur Weihnachtseinkäufe.‘

‚Sie erfriert.‘

‚Wahrscheinlich liegt sie jetzt schon auf der Straße und ist gerade dabei zu erfrieren.‘

Wir schwiegen und hörten auf den Wind, der ums Haus pfiff.

Dann sagte Elisabeth: ‚Mutter ist tot.‘

‚Was machen wir jetzt, Lange?‘

Ich wusste es nicht, wollte loslaufen, sie suchen und war doch froh, als der vier Tage alte Säugling im Nebenraum zu quäken begann und ich ihn auf den Arm nehmen konnte.

‚Der stirbt zuerst, bevor wir verhungern‘, stellte Thomas fest.

‚Niemand stirbt hier, und Mutter kommt bestimmt gleich wieder‘, presste ich heraus.

Alle schauten nach draußen in die Dunkelheit. Im gelben Licht der Laterne fiel der Schnee, unvermindert dicht.

Plötzlich riss Friedrich das Fenster auf. ‚Mutter!‘, schrie er heiser auf die Straße hinaus. Die fremde Frau sah kurz auf ohne im Schritt innezuhalten.

Nun begann Thea hemmungslos zu weinen. Breitbeinig stand sie neben mir, während sich eine Pfütze auf dem Fußboden ausbreitete.

Von draußen wehte eisige Luft ins Zimmer. Ich wies Friedrich an, das Fenster zu schließen und Kohlen nachzulegen. Dann zog ich Dorothea die nasse Hose aus, richtete das Abendbrot und als Mutter mit vollen Taschen heimkam, saßen wir am Tisch und aßen. Sie lobte ihre Große, noch bevor sie sich erschöpft auf der Couch ausstreckte. Über unsere Angst haben wir kein Wort verloren.“

„Aus Scham?“, habe ich damals gefragt.

„Sei nicht dumm“, hast du geantwortet.

Du schreist und schreist und Schnee tanzt hinter doppeltem Glas.

Es schneit! Ich löse mich aus deinem Schoß, rücke einen Stuhl vors Fenster, steige hinauf. Meine Hände reichen bis zum Griff, um den ich beide Fäuste schließe. Der Riegel öffnet sich. Ich reiße den Griff nach hinten, lasse nicht los, schwinge mitsamt dem Fensterflügel zurück und wieder vor. Der Stuhl kippt polternd um. Jauchzend gleite ich zu Boden. Nochmal! Auf den Stuhl, dann auf die Fensterbank. Gesicht und Arme prickeln. Alle Sterne, die in der Nacht am Himmel standen, fallen schwerelos in meine ausgestreckten Hände und versinken in der Haut. Ich will sie fangen, lehne mich weit nach vorn. Vielleicht kann ich ja auch fliegen und wenn nicht, lande ich weich im Schnee.

Was ist das? Dieselben Arme, die mich eben wiegten, liegen nun als Gurt um meinen Körper und halten mich zurück.

„Geh weg! Lass mich!"

Du jedoch lachst nur, stellst mich mit einem Schwung auf die Dielen. „Es wird kalt", sagst du, „das Fenster muss geschlossen bleiben."

Allmählich verebbt dein Schreien zu einem Wimmern. Ich lege meinen Mund an dein Ohr, flüstere deinen Namen und dass ich hier bin, bei dir, aber du hörst mich nicht, schaust mich nicht an, tastest nicht nach mir. Der Stuhl kippt polternd um als ich aufstehe, zum Fenster laufe, beide Fäuste um den Griff schließe um es aufzureißen. Es öffnet sich viel zu leicht, prallt gegen die Wand und schwingt zurück. Ich schließe es wieder, stelle den Stuhl auf und lasse dich allein.

Radikales Tal

Im Querschnitt
Konfrontierst du uns
Mit deiner Lebensspanne

Wo heißes Magma quoll
Als Lava sich ergoss
Erstarrte zu Basalt
Erlebst von Menschenhand du nun
Metamorphose

Staub legt sich zu Staub
Auf deine grüne Stola

(Inspiration: Steinbruch Tahlbecke)

Haarige Heimat

Sonntag
auf Vaters Schultern
Du vorwitzige Locke
Kitzelst mein Kinn

Mit uns schwingt Birkenwasserduft

Rangeln
mit Vaters Arm
Du krummes Haar
Ich reiß dich aus

Schnell wieder glatt streichen

Abend
auf Vaters Schoß
Du Stoppelbartgesicht
Kratzt meine Backe rot

Harte zarte haarige Heimat

Brigitte
Troeger

Dreitausend Briefe an die Mutter

„Erzählen Sie Ihre Geschichte, wem sie wollen – bei mir können Sie damit nicht landen!"
Der Beamte im Ausländeramt der fränkischen Kleinstadt war geräuschvoll von seinem Schreibtisch aufgestanden. Erregt sortierte er die Blätter und heftete sie eilig ein, dann stellte er die Akte mit energischer Geste ins Regal.
„Solche Geschichten gibt es wie Sand am Meer. Mich können Sie damit nicht beeindrucken, es sei denn, sie könnten es beweisen, dass ein Religionswechsel in Ägypten verfolgt wird. In Ihrem Land herrscht Religionsfreiheit. Also, hören Sie auf mit Ihren Fantasiegeschichten!"
Der blasse junge Mann gegenüber war auch aufgestanden. Er begann sein Hemd aufzuknöpfen, legte es über die Stuhllehne und zog dann auch sein Unterhemd aus.
„Ich habe einen Beweis", sagte Faruk und wandte dem Beamten den Rücken zu. „Sehen Sie die kreisrunden Narben? Das sind Verbrennungen. Sie haben im Gefängnis ihre Zigarettenstummeln auf meinem Körper ausgedrückt. Sie wollten mich zwingen, mein islamisches Glaubensbekenntnis zu erneuern. Ich tat es nicht, deshalb steckte man mich in eine psychiatrische Klinik. Dort sollte mich eine Gehirnwäsche von meinem 'religiösen Wahn' befreien. Religionsfreiheit besteht in Ägypten nur für Christen. Sie dürfen ihre Religion frei ausüben oder auch zum Islam übertreten. Ein Moslem

aber darf nicht Christ werden – das ist eine Todsünde, sie wird schwer bestraft. Wer es überleben will, muss untertauchen oder fliehen."

„Ich werde Sie dem Amtsarzt vorstellen", sagte der Beamte kurz und notierte etwas auf ein Blatt.

Faruks Narben haben damals die Abschiebung verhindert. Er lernte mithilfe guter Freunde Deutsch und begann ein Theologiestudium. Aber sein Kopf streikte. Deshalb bewarb er sich um eine praktische Arbeit. Sein Chef fragte ihn, woher die unerträglichen Kopfschmerzen stammten. Da erzählte Faruk seine Geschichte:

„Als ich daheim in der Ausbildung auf der Hotelfachschule war, hatte ich einen Freund, den ich sehr mochte. Er hieß Ibrahim. Obwohl er Christ war, hatten wir ein gutes Verhältnis. Oft besuchte ich ihn in seinem Elternhaus.

Eines Tages sah ich eine Bibel auf seinem Schreibtisch liegen und fing an, darin zu blättern. Ich vergaß alles um mich herum. Ibrahim bot mir an, das Buch mitzunehmen, um es zu Hause in Ruhe zu studieren. Ich hatte aber Bedenken – meine Eltern sind strenge Muslime, sie hätten mir große Schwierigkeiten gemacht. Stattdessen besuchte ich Ibrahim immer öfter, um die Bibel besser kennen zu lernen. Was ich nicht verstand, erklärte mein Freund mir geduldig.

Es vergingen viele Wochen, in denen ich mich mit der Religion der Christen auseinandersetzte, bis ich eines Tages Ibrahim ins Vertrauen zog, dass ich mich entschlossen habe, mich taufen zu lassen. Mein Freund reagierte sehr aufgeregt. „Jeder weiß, dass wir befreundet sind, Faruk", sagte er. „Wenn du getauft wirst, werde ich verdächtigt, dich verführt zu haben." Er verwies mich an seinen Priester. „Nein", sagte dieser, „ich darf keine Muslime taufen. Ich würde ins Gefängnis kommen."

Ein sehr mutiger Priester aus Alexandrien hat mich schließlich nach einem sehr langen, prüfenden Gespräch getauft. Das geschah heimlich in der Nacht.

Ich spürte, dass ich meinen Glauben nicht heimlich leben konnte. Meine Eltern fragten mich, warum ich das Freitagsgebet nicht mehr besuche und es mit dem Fasten im Ramadan nicht so genau nehme. Da sagte ich ihnen die Wahrheit. Sie waren schockiert und versuchten, mich mit allen Mitteln zurück zu gewinnen. Sie argumentierten, machten mir Versprechungen, drohten mir, weinten – es war eine schlimme Zeit für uns Drei.

In jener Zeit lernte ich Nasra kennen, eine junge Christin, mit der ich ganz intensive Glaubensgespräche führte. Sie konnte mutig und unerschrocken ihren Glauben bekennen.

Ich lernte viel von ihr – und dann merkten wir, dass wir verliebt waren. Unsere Freundschaft wurde immer tiefer, so dass meinen Nachbarn und Bekannten nicht verborgen blieb, dass wir zusammen gehörten. Auch sie begannen mich zu hinterfragen und sie versuchten mich auf den rechten Weg zurück zu bringen – ohne Erfolg.

Eines Abends ging ich mit Nasra spazieren. Wir wollten nach dem Jugendclub wie jedes Mal noch ein wenig durch die Zuckerrohrfelder laufen. Plötzlich brach sie neben mir zusammen, ihre weiße Bluse färbte sich rot, und wenig später starb sie in meinen Armen. Das war ein Anschlag auf mich! Die Verfolgung hatte begonnen.

Meine Verwandten versuchten nun, mich zum islamischen Gebet zu zwingen. In unserem Dorf sind die Menschen sehr fanatisch, unsere Familie wollte die eigene Ehre retten. Als ich mich verweigerte, zeigten sie mich kurzerhand an. Ich kam ins Gefängnis. Dort wurde ich nach schrecklichen Verhören mit brennenden Zigarettenstummeln gefoltert. Als ich dennoch meiner Entscheidung treu blieb, brachte man mich in die psychiatrische Klinik. Dort sagte man mir, dass meine Entscheidung, Christ zu werden, wohl im Zustand geistiger Umnachtung gefallen sei, und dass es nötig sei, mich mit Elektroschocks zu behandeln. Man fixierte mich an ein Bett, ich konnte mich nicht wehren, musste die Prozeduren ohne Narkose über mich ergehen lassen und litt Höllenqualen. Seitdem habe ich Tag und Nacht unerträgliche Kopfschmerzen.

Irgendwann kam ich „ungebessert" und völlig kaputt aus der Klinik. Meine Eltern erwarteten mich ungeduldig und sagten: „Faruk, du musst schnell verschwinden, die Leute rotten sich zusammen, um dich zu töten." Sie gaben mir ihr mühsam Erspartes. Es sollte eigentlich für meine Hochzeit sein. Nun brauchte ich es für ein Ticket nach Deutschland. Wir weinten sehr beim Abschied. Dann machte ich mich heimlich wie ein Krimineller bei Nacht und Nebel davon – durch die Zuckerrohrfelder, vorbei an der Stelle, wo Nasra gestorben war. Dort hielt ich kurz an, suchte zwei Stöckchen und legte sie als Kreuz am Wegrand nieder. In der Ferne heulten die Schakale, und am Firmament erwachte die Morgenröte. Bald würde der Muezzin zum Morgengebet rufen und die Welt aufwecken. Ich musste fort, ganz schnell, weg aus meiner Heimat, die mir so teuer war. Mein Herz blutete. Ich dachte an meine verstörten Eltern, die ich so sehr liebte. Ich fühlte mich zerrissen.

Am Abend dieses denkwürdigen Tages landete ich in Frankfurt. Ich betrat den Boden eines christlichen Landes und hätte vor Erleichterung die fremde Erde küssen können. Hier würde mich niemand verfolgen! Ein Bus brachte mich zusammen mit anderen Flüchtlingen in eine Kleinstadt. Ich bekam ein Zimmer in einem Asylantenheim und etwas Geld, dazu einige Anweisungen. Es war ein Freitagabend. Ich fieberte dem Sonntag entgegen. Dann würde ich zum ersten Mal unbehelligt einen Gottesdienst besuchen.

Am Sonntag wurde ich von dem Glockengeläut einer nahen Kirche wach. Ich war aufgeregt und eilte so schnell ich konnte dorthin. Aber das Gebäude war verschlossen.

„Um zehn Uhr läutet es ein zweites Mal“, klärte mich eine Mitbewohnerin auf. „Dann ist Gottesdienstzeit.“ Sie hatte Recht – die Tür war offen. Mein Herz klopf-

te, als ich durch das Tor ins Innere trat. Ein Mann saß vorne allein und betete. Ich setzte mich leise neben ihn, so wie es in den Moscheen Sitte ist – das Gotteshaus füllt sich bei uns von vorne nach hinten. Etwas später kamen viele Leute, aber sie setzten sich alle in die hinteren Reihen. Hatte ich etwas falsch gemacht?
Ein Pastor in schwarzem Gewand leitete den Gottesdienst. Die Leute sangen zur Orgel schöne Lieder und beteten miteinander. Dann ging ein Korb durch die Reihen, und ich begriff zu spät, dass es eine Geldsammlung war. Als der Gottesdienst zu Ende war, gingen alle Leute still hinaus. Ich stellte mich erwartungsvoll an die Tür in der Hoffnung, dass mich jemand begrüßen würde, aber sie gingen alle vorbei. Als sie weg waren, schloss ein Mann die Tür ab. Da bin ich auch gegangen.
Ich schlenderte durch die Straßen. Alle Geschäfte waren geschlossen, es war still in der Stadt. Da kam ich an einem großen Haus vorbei, aus dem gerade viele Leute strömten. Sie begrüßten sich, lachten und redeten miteinander. Über der Haustür war ein Kreuz angebracht. Eine Kirche ohne Turm? Neugierig betrat ich den Hof. Da kam ein junger Mann zu mir und fragte mich, woher ich käme und wie ich heiße. Zum Glück konnte er Englisch. Wir haben eine Weile geplaudert, und dann lud er mich ein, ihn zu Hause zu besuchen.

Stefan und ich wurden bald gute Freunde. Er half mir in vielen Situationen, übte Deutsch mit mir und nahm mich mit zum Fußball. Seine Familie wurde auch meine Familie. Das half mir, wann immer mein Heimweh zu groß wurde. Heimweh ist schlimmer als Folter, man meint, dass man im Innern verbrennt.

Ich bin nun acht Jahre in Deutschland und habe jeden Tag einen Brief nach Hause geschrieben, besonders an meine Mutter. Sie leidet wie ich sehr unter der Trennung. In den Briefen meiner Eltern lese ich zwischen den Zeilen von ihrer Hoffnung, dass ich eines Tages zur Vernunft komme. Sie berichten von schlimmen Anfeindungen. Elfmal haben die Dorfbewohner versucht, das Haus meiner Eltern abzufackeln. Sie meinen, meine Eltern hätten bei meiner religiösen Erziehung versagt. Die muslimische Gemeinschaft des Dorfes fühlt sich durch meinen Ausbruch verraten.

Dies alles passierte, weil mir ein faszinierendes Buch in die Hände gekommen ist. Meine Eltern müssten es einmal lesen dürfen, ganz in Ruhe, ohne Druck von außen. Ich spare jeden Cent für ihr Ticket nach Deutschland. Sie werden mich einmal besuchen, und wir werden vor Freude weinen, und wir werden zusammen die Geschichten von Jesus lesen, und sie werden verstehen, warum ich meinen eigenen Weg gehen muss."

Eine neue Heimat

Bei Nacht und Nebel – Ende November 1945 – verließen wir zum zweiten Mal unser kleines Haus in der Eupener Straße. Der erste Fluchtversuch von Magdeburg in den Westen war fehlgeschlagen. Nun ergab sich eine neue Gelegenheit. Wir wollten es wagen, denn unser Vater war in den letzten Kriegstagen gefallen. Wie sollte Mutter uns sieben Kinder im russisch besetzten Osten durchbringen, während die gesamte Verwandtschaft im oberbergischen Land lebte? In Mutters Heimat würden wir besser überleben. Was wir vorhatten, nannten die Leute „Rübermachen". Wer Verwandte im Westen hatte, versuchte es. Ich war damals vier Jahre jung.

Als wir frühmorgens aufbrachen, war mir nicht bewusst, dass ich mein Kinderparadies verließ. „Zu Oma und Opa nach Wiehl", hieß es. Das bedeutete, dorthin, wo die Päckchen mit Speck und Eiern und Zucker hergekommen waren. Ich zockelte im Familientross mit, immer in der Angst, meine Mutter könnte verloren gehen.

Unsere Odyssee begann auf Strohsäcken im Bahnhofsgebäude – dort wurden Kinder ruhig gehalten, bis das Chaos auf dem Bahnsteig geordnet war. Endlich bekamen wir einen Platz in einem Waggon zugewiesen. Es war eng dort, kalt und laut. Menschen husteten und schnieften, riefen durcheinander und fluchten, kämpften um bessere Plätze. Mutter erkannte schnell die widerwärtige Situation und verhängte ein zerschossenes Fenster mit einer Wolldecke. Später würde sie kämpfen müssen, um die Decke unter dem Protest der Mitreisenden mitzunehmen.

Langsam verließ die Eisenbahn die total zerstörte Stadt – ein Ruinenfeld.

Als der Zug Fahrt aufnahm, wurde es lausig kalt. Mutter verteilte alle warmen Kleidungsstücke, deren sie habhaft werden konnte. Trotzdem zitterten wir wie Espenlaub.

„Ich muss mal", tönte es in der Menge. Ein Töpfchen wurde durchgereicht. Die Toiletten im Zug waren nicht zugänglich. Bubis volle Windeln flogen durchs Fenster nach draußen.

Rattatata – Rattata.

Das Fahrgeräusch schläferte uns ein.

Meine älteste Schwester Marlene hatte die Aufgabe, das Gepäck im Auge zu behalten. Sie zählte immer wieder bis sieben: „sieben Kinder – sieben Koffer". Endlich hatten wir die Umsteigestation erreicht. Auf dem Bahnsteig standen Frauen und strickten. Glücklich, wer Wolle hatte!

Die Bahnhofsmission empfing uns mit einer heißen Suppe – das tat gut, auch wenn es mehr Wasser als Suppe war. Nach einer kleinen Ewigkeit fuhr der nächste Zug ein. Er war proppenvoll besetzt. Auch Stehplätze gab es nicht mehr. Man hievte uns kurzerhand auf den Kohlewagen. Eisiger Zugwind pfiff uns um die Ohren.

Rattatata – rattata.

Endlich hatten wir das Zwischenziel, ein Auffanglager in Helmstedt, erreicht. In einer riesigen Scheune, die dick mit Stroh ausgelegt war, teilten wir uns ein Nachtlager mit vielen Rheinländern, die nach Hause wollten. Es gab eine Toilette – ein großer runder Topf – auf der sich ca. 10 Personen gleichzeitig erleichtern konnten. Welch eine Überwindung, das Schweben zwischen Himmel und Hölle auf mich zu nehmen! Die Scham zu ignorieren! Der Frau mit dem Läusekamm wäre ich gerne entkommen, aber sie kannte kein Pardon. „Du willst doch wohl kein Gelbfieber bekommen?" Erschöpft schliefen wir in unseren kohlegeschwärzten Mänteln auf dem Stroh ein.

Stück für Stück näherten wir uns so Mutters Heimat. Eine Strecke, die heute sechs Stunden braucht, nahm damals eine Woche in Anspruch. 170 Stunden Dauerschrecken: Kälte, Hunger, Angst, Chaos, Filzen, Warten, Entlausen, Bestohlenwerden, Verlorengehen, Wiederfinden, Gepäck sichern, Kämpfen ums Überleben.

Und dann, endlich, lief der Zug in Dieringhausen ein. Taumelnd standen wir am Abend auf dem Bahnsteig. Mutters Stimme klang im Dunkel der Nacht heller als üblich: „Wir sind angekommen! Bald sind wir bei den Großeltern."

Heute sehe ich die Bilder unserer „Flucht" in dunklen Farben. Es sind Grautöne, Braun, Schwarz. Ich friere und habe Angst, im Durcheinander die Mutter zu verlieren. Chaos in mir und um mich herum. Ich versuche, nichts zu fühlen, weil alles unerträglich erscheint.

Dann ändert sich plötzlich das Bild, als sich die Tür zu Omas Küche öffnet. Es ist, als gehe nach einer langen, dunklen Nacht die Sonne auf. Helle Töne: gelb, rot, orange bestimmen die Szene. Omas Küche: ein warmer Ort. Der Duft von frisch gekochtem Gulasch betört uns. Eine große Wanduhr tickt. Das Pendel schlägt gelassen hin und her. Es sagt uns: das Leben geht weiter. Prompt erwachen die Lebensgeister. Wir reiben uns die Augen. Die Küche blitzt von Sauberkeit. Der Linoleumboden ist frisch gebohnert, der Herd blank gescheuert. Wir schauen an unseren Mänteln herab und ziehen sie vorsichtig aus.

Opa sitzt auf dem roten Plüschsofa, ein hagerer Mann, hohlwangig, aber mit zufriedenem Ausdruck. Er zieht mich auf seinen Schoß. Komm, mein Mubbelchen! Ich kenne ihn doch gar nicht, aber ich spüre, alles wird gut.

Auch meine Oma sehe ich zum ersten Mal. Sie trägt ein schwarzes Kleid mit kleinen weißen Blümchen, darüber eine weiße, gestärkte Schürze. Ein weißer Bubikragen schließt das Kleid eng am Hals. Ihr graues Haar ist hinten zu einem Knoten gebunden. Sie hat ein rundes, gütiges Gesicht. Aber wie komisch, unsere Mutter spricht die fremde Frau mit „Mama" an.

Oma bindet nun eine bunte Schürze über die weiße, um das Abendessen auszuteilen. Andächtig verfolge ich jeden Handgriff und wieder spüre ich, alles wird gut.

Solange Oma und Opa da sind, solange ihr stattliches Haus uns beherbergt, wird es uns gut gehen. „Wir schaffen das mit Gottes Hilfe", sagt Opa.

Oben, unter dem Dach, gibt es eine Küche und zwei kleine Zimmer mit schrägen Wänden – unser neues Reich. Unten, im Parterre, hat Tante Hilde ein weiteres Schlafzimmer für uns frei gemacht. Mehr Platz gibt es nicht, solange die Evakuierten aus Köln noch hier wohnen müssen.

Nach dem Gulaschgenuss wird Tante Hilde uns in ihre große Badewanne befördern und mit Kernseife und Bürste den Reiseschmutz von sechs Tagen abschrubben. Die gleichaltrigen Kusinen werden sich jetzt ein Bett im Nebenzimmer teilen müssen. Wir dürfen in ihrem Kinderzimmer in frischer schneeweißer Bettwäsche einschlafen. Aber wir tun es nicht. Das Zimmer hat keine Verdunklung, und die vorbeifahrenden Autos malen Lichter an die Wand. Sie huschen vorbei. „Biester sind das", sagt Marlene, „Gespenster!" Ich krieche tiefer unter die Decke. Da können sie mir nichts tun.

Aus dem Nachbarzimmer hören wir das Kichern der Kusinen, die sich nun eine Bettdecke teilen und sie hin und her zerren, daraus zuerst ein Spielchen und dann eine Kissenschlacht machen. Sie scheinen sich mit der neuen Situation zu arrangieren. Und morgen wollen sie uns ihre Spielwiese zeigen.

Und wir? Zu Viert im warmen Ehebett, unter Opas Dach, sind wir todmüde, satt und sauber und neugierig auf Mutters Heimat.

67

Wie es weiterging, lesen Sie in meinem Buch:
„Sieben Koffer und ein Kinderwagen"
(Erinnerungen an meine Nachkriegskindheit)
Brunnen-Verlag ISBN 978-3-7655-1658-0

Uwe
Vitz

Nur ein kleiner Fehler

Dreihundert Jahre alt wurde sie.

Die große Rotbuche auf dem Baldenberg in Bergneustadt.

Ein Naturdenkmal.

Stolz wurde sie als solches auf den Wanderkarten eingetragen.

Gesund und stark.

Trotzdem wurde sie gefällt.

Eine Behörde hat es schnell genehmigt.

So schnell, dass ihr gar nicht auffiel, dass es sich um ein geschütztes Naturdenkmal handelte.

Ein kleiner Fehler.

So etwas geschieht eben.

Wir sind alle nur Menschen.

Bergneustadt hat nun ein Naturdenkmal weniger.

Man kann ja eine neue Rotbuche auf dem Baldenberg pflanzen.

Dreihundert Jahre dauert es nur, dann hat der Baldenberg vielleicht wieder ein Naturdenkmal.

Vielleicht auch nicht.

Vielleicht macht ja wieder jemand einen kleinen Fehler.

(Quelle: Haushaltsrede Der Grünen in Bergneustadt 2013)

Nebelfahrt

Geheimnisvolles Dunkel
Vollmond, früh morgens über dem Nebel
Schleier schmücken ihn
Verwunschene Dörfer unter dem Dunst
Nebel auch unter der Brücke
Schwaden über der Agger
Höhepunkt des Schauspiels
Morgennebel weht davon
Aus Nebelfahrt wird Morgenfahrt
Neuer Tag

Der Mond

Anton Schwarz sieht sich jede Fernsehsendung an und schneidet alle Zeitungsartikel aus, die von Polen handeln. Er spricht jedoch nicht mit seinen Freunden oder seiner Frau über dieses Land. Anton sitzt oft nachts auf seinem Balkon. Er wohnt in einem Mietshaus im achten Stock. Der Mond, denkt Anton, der Mond versteht mich. Ja, der Mond hat gesehen, wie der große Krieg verloren ging. Er sah wie Antons Familie ihren Hof in Niederschlesien verlor, wie die Familie Schwarz vor der Wahl stand, in Polen zu bleiben und Polen zu werden oder als Deutsche in das besiegte Deutschland zurück zu kehren. Anton ging, der Rest der Familie Schwarz blieb. Seit diesem Tag sah Anton nie wieder einen von ihnen. Selbst als man ihm vor einigen Jahren schrieb, dass sein Vater gestorben sei, ist er nicht zur Beerdigung nach Polen gefahren. Nachdem die Mauer fiel und die Grenzen nach Osten sich öffneten, hat er einen weiteren Brief erhalten. Seine Schwester fragte, ob sie ihn besuchen dürfe. Anton schrieb ihr, dass sie und alle übrigen Mitglieder seiner Familie in Polen für ihn schon seit Jahren gestorben seien. Anton Schwarz ist ein sehr stolzer Mann und auch ein unglücklicher Mensch. Der Mond versteht ihn.

Hallo, altes Haus

Viel hast du gesehen und gehört.
Auch viel von der Geschichte meiner Familie.
Du kanntest uns alle.
In guten und in schlechten Zeiten lebten wir in dir.
Waren oft schöne Zeiten in dir.
Leider waren auch schwere Zeiten dabei.
Würde manches gerne ungeschehen machen.
Kann ich jedoch nicht und konnte ich nicht, als es geschah.
Wüsste sogar heute nicht, wie ich das machen sollte, wenn ich in die Zeit zurück reisen könnte.

Braves altes Haus, du schweigst und bewahrst unsere Geheimnisse.

War ein komisches Gefühl, als ich die Wohnung meiner Eltern ausräumte.
Hab noch versucht, so viel wie möglich zu retten.
Manches konnte ich in andere Hände geben.
Viel landete jedoch am Ende beim Müllentsorger.
Es ist halt, wie es ist ...
War nicht leicht, immer wieder zu dir zurückzukehren und nach Erinnerungen zu suchen, die es wert sind, aufbewahrt zu werden.
War eine Befreiung, als die Wohnung leer geräumt war.

Aber damit ist es für mich nicht mehr die Wohnung meiner Eltern.

Mit den Möbeln und Bildern schwand auch die Verbindung.

Für dich auch, altes Haus?

Ich denke, du könntest noch einige Generationen in dir aufnehmen.

Aber ob das klappen wird, müssen jetzt andere entscheiden.

Viel Glück, altes Haus.

Oberbergisches Utopia

Wie schön ist es im Jahr 2030 im Oberbergischen Kreis.

Auf Grund der Kommunalen Finanzreform wurden alle Kommunen finanziell saniert.

Es ist wieder Geld für Schulen, Schwimmbäder, Büchereien, Jugendzentren und andere soziale Projekte da.

Und wie hervorragend der Verkehr geregelt wurde: Busse können jetzt den ganzen Winter über das Kreiskrankenhaus problemlos erreichen, weil der Winterdienst so organisiert wurde, dass die Zufahrt zum Kreiskrankenhaus vorrangig behandelt wird.

Es gibt ja nun auch genügend Vorräte an Streusalz.

Die Bahn fährt seit 2012 ohne größere Probleme.

Alle Wagen sind meistens betriebsbereit, die Passagiere werden von freundlichem Personal hervorragend betreut und informiert.

Die Fahrgäste können sich jetzt auf die Angaben, welche sie von der Hotline der Bahn erhalten, wirklich verlassen.

Der neue Bahnhof in Gummersbach ist sogar behindertengerecht gestaltet worden.

Von dem neuen Bahnsteig können auch Rollstuhlfahrer ohne Probleme in den Zug gelangen.

In Dieringhausen haben sie sogar einen Aufzug für Behinderte im Bahnhof gebaut.

Der öffentliche Nahverkehr wurde so erweitert, dass man abends von Gummersbach nach Lindlar oder Nümbrecht fahren kann.

Das neue Verkehrskonzept hat viele Straßen derart entlastet, dass es deutlich weniger Baustellen im Oberbergischen gibt.

Überhaupt sind alle Städte im Oberbergischen Kreis viel sauberer und hübscher geworden.

Die Menschen sind etwas netter zueinander als früher.

Das liegt wohl auch daran, dass die Deutsche Bahn ihre Kunden so oft um Verständnis gebeten hat, dass sie alle einfach verständnisvoll werden mussten.

Eine Floßfahrt, die ist lustig
(Nach einem Jugenderlebnis meines Vaters)

Eine Floßfahrt den Rhein herunter, das ist lustig.
Mit guten Freunden, an einem warmen Sommertag, geht's los.
Heimlich sind die Flöße gebaut worden, ohne dass die Erwachsenen etwas merkten. Früh am Morgen schieben die Jungs die Flöße in den Rhein und rudern fröhlich davon.
Zufällig kommen sie auch bei Obstbauern vorbei, deren Bäume am Ufer stehen. Niemand erwischt sie und mit reicher Beute machen sie sich auf den Heimweg.

Die Polizei informiert inzwischen die Eltern, die Jungen seien mit ihren Flößen gesehen worden und plötzlich verschwunden. Die Eltern rechnen mit dem Schlimmsten, der Rhein ist tief und sie wären nicht die ersten Kinder, die der Rhein verschluckt.

Abends kehren die Jungs stolz mit ihrer Beute zu Fuß zurück. Sie werden mit dem Lederriemen oder dem Rohrstock belohnt.

Im nächsten Jahr wiederholen sie die Fahrt.
So ein schönes Abenteuer ist doch etwas Prügel wert.

Dorothee Hövel-Kleibrink

Mutters Kindheit

I

abends
sitzt der Junge am Fenster
klingt seine Ocarina
durchs Tal
wenn vor den Häusern
auf Bänken sie lauschen
liegt das kleine Mädchen im Bett
auf dem Vorhang die Schatten
tändeln Blätter der Linde
im Wind
steigt die Katze hinauf und
der Kater am Boden miaut
zum Spiel
der Ocarina so sanft
klingt es durchs Tal

II

am Morgen
geht's hinunter zum Bach
das Mädchen der Junge
stauen das Wasser
bau'n eine Burg
aus Ästen und Zweigen
wie Biber schaffen
sie sich ihre Welt
das Quellwasser glitzert
der Tau auf der Wiese
durch die der Bach fließt
in der Sonne am Mittag
zieh'n Dampfschwaden auf

III

einmal

ist Jahrmarkt

auf dem Platz vor der Linde

die Kleine mit großer

Schleife im Haar

denkt das hier sind alle

Schätze der Welt

mehr kann es nicht geben

die Lichter die Farben

die Buden die Klänge

der Junge am Fenster

sein Lied weht hinunter

zum Markt

IV
an Weihnachten
ziehen die Männer
die Frauen und Kinder
mit Fackeln vom Hügel
hinunter zur Kirche
ein knisterndes Feuer
am Platz vor der Linde
in der Kirche der Christbaum
leuchtet zum Fest

V
eines Tages
ziehen die Männer
mit Fackeln durchs Dorf
es ist nicht Weihnachten
und das Feuer nicht warm
es wird kalt
und Christbäume stürzen
vom Himmel

VI

der Junge zieht die Stiefel an
spielt nie mehr sein Lied
in der Dämmerung
das Mädchen daheim
hütet das Haus
ihre Puppe stets
fest an sich gedrückt
wenn sie nicht gerade putzen muss
oder jäten, die Nachttöpfe leeren
„Bummelchen" hat einen weichen Körper
und ein feines Porzellangesicht
kommt in die Vitrine
und die Kleine weint sich
vor so viel Verlust
die Seele krank
für immer

Archiv

langsam gelesene
altbekannte Namen
unbekannte Namen
versammelt auf brüchigem Papier
bevölkern
meine Träume

Himmel op Ääd

wenn ich nach Hause komme
und es duftet nach
Blutwurst
mit feinen Zwiebelringen
gebraten
dazu Kartoffelstampf
cremig
mit süßen Apfelstückchen
goldrichtiges Verhältnis
dann denk ich
ich liebe
kochende Männer

Christine Scharlipp

Sommerzeit

Heute fällt
nichts in
mich ein

die Worte
sind leicht

rascheln
ein wenig

ruhen

im Grün

vor unserer Tür

Meerjungfrau, erlöst

Spatzenstimmen
perlen aus einem
Gebüsch am See

inspizieren die
leeren Touristentische
meiner Kindheit
im Winter
an der Burg

Regen belebt
die Ufer
ganz hell

tanzend
im gespiegelten Himmel
im gespiegelten See

gehören uns
die obere
und untere
Stadt

Seekindgaben

Schwimme in
Sommerfreuden

im grossen
glänzenden Rhein

in seinen Städten
in seinen Wiesen

im weißen
Pappelflaum

tauche
dann auf

mit allem

bei Dir

Der Stift

Nicht ich
halte ihn
er hält mich

treibend auf
der bewegten
Oberfläche
aus Buchstaben

Worte atmend

bis mein Herzschlag
erneut einsetzt

die rote Freude
eines Frühlingsmorgens

und darüber hinaus

Botschaft

Der Bewegung
meines Stifts
vertrauen

selbst wenn
ich nicht
sehe wer
ihn führt

und auch
die Schrift
vorerst nicht
lesen kann

Auferstehung

Die Welt ohne Dich
ist mir unwesentlich

ist mein Grab

wären da nicht
Deine Worte
sie entspringen allem
was Du berührst
so auch mir

wiegen mich
sind mir Heimat
und Dir

zitternd
in ihrer Glut
werde ich

Immer

Schon singt
die Amsel
singt wieder
singt noch

die Zeit
hält kurz an
schaut auf
und vergeht

Gesang färbt
sich schwarz
reimt Ende
und Tod

ich stell'
mich dagegen

mit Dir

Uhrzeiger-Sinn

So sehr
die Zeit
auch vergeht

so sehr
komme ich
jedes Mal
bei Dir an

der Kreis der Zeit
verdichtet sich

zu ihrem
Mittelpunkt

und bleibt

Gärtchen

Der Stift
veranlasst
mich manchmal
etwas durchzustreichen

so wird Raum

und ich
durchlässig

Folgen

Der Faden verdichtet sich

gleich nach meinem Sprung

zum Sicherheitsnetz

welches ich dann
doch nicht brauche

da mir Flügel
auch noch
geschenkt
werden

Conny Heitmann

innehalten

atemlos lauschen
meeresbrise
trägt geräusche
deichwind
möwenschrei
wellenrauschen
klingende wanten der boote
gleichklang am meer
ruhe – erholung – schön
zuhause ...

Morgendämmerung

Leises Erwachen, als sich am Osthimmel ein Hauch von Licht abzeichnet. Zartes Blau wandelt sich in ein weiches Rosa. Gleich, so verheißt es das Erscheinen des leuchtenden Feuerballs, der mit seiner Wärme die Kühle des Nachthimmels verdrängt.

Eine Amsel stimmt ihr Lied an. Und noch eine, dort drüben. Als würden sie einen Wettbewerb im Singen führen. Töne schwingen durch den Morgennebel, der die Baumkronen noch in zartem Weiß verschwinden lässt. Wie ein feines Netz webt er sich den Hang hinauf, immer höher in den Himmel, bis die ersten Sonnenstrahlen ihn im Nichts verschwinden lassen.

Zur Amsel gesellen sich Meisen und Rotkehlchen, Drosseln und Finken, sogar ein Paar Gartenrotschwänzchen.

Meine Augen suchen nach ihnen. Rund um mich herum scheinen sie zu sitzen und zu jubilieren, den neuen Tag zu begrüßen. Immer lauter schallt ihr Gesang. Immer mehr Vögel erwachen und stimmen in den Jubel ein. Ich kann sie kaum sehen. Nur vereinzelt hier und dort erkenne ich die kleinen runden Körper. Den Schnabel, der sich weit öffnet und Fröhlichkeit verbreitet.

Ist es das, was Edward Grieg mit seiner Morgenstimmung der Welt mitteilen will? Töne in weichen Wellen, leicht und beschwingt, wie ein Tanz. Wie

ein zarter Tanz von Freude geprägt, vorsichtiger
Freude, die ganz schnell dem Alltag weicht.
Motorengeräusche und Maschinengeratter nehmen
überhand. Stadtgezwitscher. Der Tag ist da!

Kennst du das Gefühl ...

... wenn du am Waldrand entlang spazieren gehst, vielleicht an einem lauen Frühlingstag im Mai, und den Duft der gerade frischgrünen Bäume riechst und das leicht vermoderte Unterholz. Die Luft ist drückend und schwer, treibt dir den Schweiß auf die Stirn. Doch die Vögel singen sich die Seele aus dem Leib. Der bisher blaue Himmel zieht sich nun langsam zu. Dann fallen die ersten Tropfen. Du hörst sie auf den Blättern der Bäume um dich herum. Erst einzeln, hier und da, dann dort. Dann hier und hier, da und dort und dort drüben. Langsam steigert sich das Tempo. Immer mehr Tropfen streifen die Blätter und erreichen dein Gesicht. Der Regen breitet sein gleichmäßiges Rauschen aus, das alle anderen Geräusche verblassen lässt.

Dein Blick wandert jetzt von den Bäumen weg in die Ebene. Die Wiesen, die sich anschließen, sind verhüllt von einem Schauerschleier. Feine Streifen des Himmelswassers treffen das Gras, beugen seine Spitzen nieder. Sie scheinen unter der Last zu tanzen. Ein leises Frösteln durchfährt dich. Du hältst inne und suchst unter einer großen, ausladenden und weisen Eiche Schutz. Lässt dich auf ihren noch trockenen Wurzeln nieder und siehst dem Regen für einen Moment zu, wie er das Land einhüllt. Kaum die andere Seite des Tales siehst du durch diesen Schleier. Nur blass und unwirklich erkennst du die

Umrisse der Bäume jenseits des kleinen Baches, der das Tal durchzieht.

Dann wird es wieder leiser. Die Regenstreifen werden dünner bis hauchdünn. Und so plötzlich, wie er kam, hört er auf, der Regenguss. Die Wolke zieht weiter, ist leichter geworden, kann jetzt die Höhen überwinden. Der Himmel wird langsam blau und du spürst die Wärme der Sonne im Rücken. Sie durchdringt das dichte Laub der Bäume. Ihre Strahlen umschmeicheln dich und versprechen Wärme und Trockenheit. Und nun hörst du auch wieder die Vögel singen, die kurz schweigend Schutz gesucht hatten. Nimmst nur noch vereinzelt Tropfen wahr, die sich nicht mehr auf den Blättern halten können. Spürst sie in deinem Nacken ankommen und ziehst dich zusammen.

Dein Blick gleitet noch einmal über die Wiesen. Du siehst den feinen Dampf, der durch die Wärme der Sonne aufsteigt. Fein leckt sie das Gras wieder trocken und die Halme richten sich langsam auf, strecken sich ihr entgegen.

Du aber setzt deinen Weg jetzt fort, siehst das Glitzern der restlichen Tropfen im Gras, auf dem Waldboden und den Blättern in Augenhöhe. Nimmst die Frische wahr, die der Regenguss mit sich gebracht hat. Du kannst wieder atmen!

Heimatlos

Nun ist es verkauft, in fremde Hände,
bedeutungslos denen, ein billiges Objekt.
Verfremdet.
Niemand mehr, dem ich winke,
wenn ich vorbeifahre.
Kein Auto davor, das mir bekannt ist.
Letzter Anknüpfungspunkt an die Vergangenheit,
die vergangene Vergangenheit,
an damals, als ich selbst noch ein Kind.
Damals, bevor die neue Zeit anbrach.

Ein letztes Mal stehe ich davor,
noch den Schlüssel in meiner Hand.
Weiß und langgestreckt liegt es vor mir
im Glanz der frühen Frühlingssonne. Das Haus.

Lausche in die Vergangenheit,
höre den Lärm der Maschinen, die in der kleinen
Werkshalle dröhnen, im Betrieb, so nannten wir ihn.
Zwirnmaschinen, Wolle, Garn, Spulen, Absatz und
Kopse – Worte, mit denen meine Kindheit gefüllt
war.
Sehe meinen Onkel da stehen, lässig auf die Sack-
karre gestützt, meine Tanten und meine Mutter bei
ihm, fröhlich schwatzend, jede eine kleine silberne
Schere in den Händen. Das wichtigste Werkzeug.

Der Betrieb hatte längst aufgehört, sein gleichmäßiges Rauschen zu spielen. „Werk 2" liegt lange schon brach, die Maschinen Zahnrad um Zahnrad von Hand demontiert und in den Container versenkt. Nun kommt niemand mehr und bremst mit dem Knie die Kopse, um dann mit dem Katzenkopfknoten einen gerissenen Faden wieder anzuknüpfen. Niemand, der dessen Enden mit der kleinen Schere abschneidet, damit die Spule weiterlaufen kann. Und niemand überquert mit der Sackkarre die Straße, um die großen Kartons mit Garn von „Werk 1" nach „Werk 2" zu schaffen.

Sehe den Mann,
den wir alle Goofy nannten. Sein Name? Spielte keine Rolle, wenn er zum hundertsten Mal über die Straße ging in seiner weißen Malerhose. Immer eine Baustelle, immer was zu tun. Er war der Maurer der ganzen Familie, reparierte, flickte, malte, vernagelte römisch-katholisch, wie mein Onkel, der Schreiner, immer zu sagen pflegte. So war er, der ‚Goofy', den ich korrekter Weise hätte Herr Müller nennen müssen, aber so viel Respekt flößte er nicht ein. Der Mann, dessen richtigen Namen ich nicht mal kenne, der oft auch paarweise mit Kurtchen auftrat. Ein Helfershelfer, über den ich auch nicht mehr weiß, außer, dass er immer da war. Aber weder Goofy noch Kurtchen laufen hin und her und reparieren etwas.

Mein Blick fällt auf den Sandhaufen,
der längst nicht mehr dort liegt. Sehe uns Kinder
spielen, mich auf der anderen Straßenseite, die alte
Kaffeemühle in der Hand, die ich in ‚Werk 2‘ gefunden hatte. Klasse geeignet, um den Sand zu mah-
len. Ich rief meine Cousinen, die dort in dem Sandhaufen saßen, und winkte mit meiner Errungen-
schaft, ließ das Auto gerade noch vorbei und rannte
los auf die Straße. Spürte den Schlag, flog hin, sah,
wie der wertvolle Schatz im hohen Bogen meinem
Onkel vor die Füße fiel, in tausend Einzelteile zer-
sprang. Meine Mutter schrie, auch mein Onkel. Bestimmt waren sie jetzt böse auf mich, weil ich das
antike Stück genommen hatte. Mein Onkel hob
mich hoch, ich sah die fremde Frau, ihr entsetztes
Gesicht, kreidebleich, als sie aus ihrem Auto stieg.
Erst später erklärte mir meine Mutter, wieviel Glück
ich hatte, als ich das zweite Auto übersah und davor
sprang. Von der ‚ollen‘ Mühle sprach niemand
mehr.
Der Sandhaufen ist längst dem Pflaster gewichen,
das ordentlich gefegt einen soliden Eindruck hinter-
lässt. Jetzt ist es mit Unkraut überwuchert. Pflegen-
de Hände fehlen.

Erinnere mich an die ‚Sheriffs‘ von der Ostrunde,
wie sie küchenbekittelt, die Hände auf dem Rücken
gefaltet und mit ernsten Mienen ausgestattet, das
Dorf bewachen. Die ‚Sheriffs‘ bestanden aus meiner
Großmutter Paula und ihrer Cousine und Nachbarin

Johanna. Auch von uns Kindern „Paulchen Panther und Julchen" genannt. Jeden Tag drehten sie ihre Runde durch den Ort, vom Osten ausgehend. Ihren prüfenden Blicken entging nichts, was sich verändert hatte. Ob bei den Nachbarn ein fremdes Auto parkte: „Is aver keen bekannt Nummer ... – hät dat Siechlinde alt een Freund?" oder „ob et Rosi alt wieer neuie Bloomen jepflanzt hät, do muss dat Cheld ooch op den Böömen wachsen." Ihren gealterten, aber immer noch scharfen Augen entging auch nicht, dass die Maiers schon wieder einen Anbau machten, der bestimmt nicht vom Amt genehmigt war.

Aber auch sie laufen nicht mehr, längst vergangen, verweht. Niemand bringt mehr die Neuigkeiten ‚ussem Hoff' nach ‚Neuienhuus'.

Ich schließe jetzt die Tür auf, zu der ich seit über dreißig Jahren einen Schlüssel besitze. Zuletzt wohnten wir hier, nach Mutters Eltern, ihren Tanten und später einem ihrer Brüder und seiner Familie. Die erste Familie, die ich kannte, in der eine Scheidung passierte.

Vor den neunziger Jahren brauchte niemand einen Schlüssel, die Tür war immer offen. Und jeder ging aus und ein, der in dem Haus oder mit dem Haus etwas zu schaffen hatte. Jeder wusste, dass der Knauf sich drehen ließ.

Und niemand hatte uns je tausend Mark gebracht, wie meine Mutter einmal achselzuckend antwortete, als sie danach gefragt wurde, ob abschließen nicht sicherer sei.

Bleibe kurz vor der Treppe stehen,
an deren oberen Ende seinerzeit mein Vater stand, nachts um ein Uhr, ein Hüne im grellen Licht des hell erleuchteten Hauses. Schlagartig wurde mir klar, sie hatten wohl doch nicht gewusst, wo meine Schwester, damals gerade vierzehn Jahre alt und hinter mir stehend, den Abend verbracht hatte. Oh, Donnerwetter!

Schleiche jetzt die Treppen hinauf bis in das oberste, mein Zimmer, erinnere mich, wie ich bemüht war, sie geräuschlos zu begehen, wenn ich mitten in der Nacht heim kam, und meine Eltern nicht wecken wollte. Ich wusste genau, an welcher Stelle ich das Holz belasten konnte, damit es nicht knackte.

Sehe mich in den Räumen um,
dort, wo einst der Weihnachtsbaum, zu Klängen von James Last in Endlosschleife, erstrahlte, herrscht jetzt gähnende Leere. Und wo mein Vater im Schaukelstuhl sitzend seine Zigarren bei einem guten Fußballspiel rauchte, graust mich der teppichlose Untergrund an. Herausgerissen, nackt, liegt der einst so gemütlich wirkende Raum vor mir. Fremde Hände hatten sich daran zu schaffen gemacht, bevor sie mir sagten: Ich will es doch nicht kaufen.

In der Küche, wo später sogar meine Kinder bei der Oma Hekaka (Erika) zu Hause waren, mangelt es an Wärme. Die Wände schlagen die Feuchtigkeit aus.

Selbst die Terrasse wirkt trostlos, leergeräumt ohne die Hollywoodschaukel und den großen Tisch, an dem gegessen wurde, sobald die Temperaturen es zuließen. Unkraut wuchert aus der Bruchsteinmauer. Draußen, in Mamas Sommerfrische. Dort sehe ich sie noch, die unvermeidliche Zigarette zwischen den Fingern, den Blick auf den gegenüberliegenden Wald gerichtet. Hier hing sie ihren Gedanken nach, als das Leben fast schon aus dem Haus gewichen war.

Nur sie und mein Vater verloren sich auf den zweihundert Quadratmetern der Wohnung.

Meine Großmutter hatte längst aufgehört, im Nachthemd auf der Straße herumzugeistern, mit ihrer bunten Tasche voller rappelnder Pillendosen. Sie ständig zählend.

Abgeschnitten von der Welt, in Ruhe gelassen von der Menschheit, ohne Meckerer, ohne Familienzwist, ohne Einschränkung, genoss meine Mutter dort ihren Lebensabend.

Doch dann hörte auch meine Mutter auf zu atmen, und damit das Haus. Nur noch Bilder, ins Gedächtnis eingebrannt. Rahmenlos. Szenen mit Stimmen, zu weit entfernt, um die Worte zu verstehen, in der vergangenen Vergangenheit. So viele Erinnerungen liegen in der Luft, Bücher könnten sie füllen. Ich atme sie ein.

Ein letztes Mal schließe ich ab,
die Leichtigkeit der siebziger und achtziger Jahre
abgelegt.
Fast ein Jahrhundert im Familienbesitz.
In den letzten Jahren unbewohnt und kaputtreno-
viert, verkommen zum Nischenprodukt.
Der Schlüssel liegt in meiner Hand, wiegt schwer.
Morgen gebe ich ihn ab. Dem neuen Eigentümer.
Dann bin ich heimatlos. Meine. Heimat. Los.

Heimathalt verloren ...

Ein afrikanisches Sprichwort sagt:
„Wenn ein alter Mensch stirbt, ist es so, als ob eine ganze Bibliothek verbrennt."

Nun ist der Moment gekommen, wo du gehst. Ich sitze hier und weiß, gleich ist es vorbei. Es sind nur noch die Apparate, die dich am Leben erhalten.
Mein Kopf ist leer. Ich kann nichts sagen und auch nichts fragen. Du hörst mich schon nicht mehr.
Morgen werde ich wissen, was ich dich noch fragen wollte.
Aber jetzt, jetzt ist mein Kopf leer. Ich sehe dich, wünsche mir für dich, dass du endlich gehen darfst, erlöst wirst von dem, was dich quält.
Doch das Morgen kommt, unweigerlich, und unweigerlich ohne dich. Dann bin ich haltlos, hab dich verloren, ewige Antwortquelle. Weil du mich kennst, länger als ich mich selbst.
Haltlos, weil es dann keine Antworten mehr geben wird. Wie war ich, als ich fünf Jahre alt war? Wie hieß noch die Tante, die immer diese ekeligen Bonbons mitbrachte? Und wie hast du dich gefühlt, als ich in die Pubertät kam?
Ich weiß, wie ich es empfunden habe, aber wie ging es dir damit? Wir haben nie darüber geredet.
Dabei gab es bei uns nichts so viel wie Worte.

Und nun ist das gefürchtete Morgen angebrochen. Ich sitze hier am Meer, weiß, dass du es geliebt hast. Singe die Lieder vor mich hin, die deine Lieblingslieder waren. Weiß, was ich dich noch fragen wollte, aber Antworten bekomme ich nicht mehr. Suche danach in den Worten, die wir sprachen.
Kann sie nicht hören.
Bin haltlos.
Heimatlos.

Petra
Dehler

Im Land der Regenbogen

Ein Tag im Spätsommer. Die Sonne versank hinter den Bergen und eine bedächtige Ruhe legte sich über das Land. Schwarz-weiße Kühe trotteten gemächlich zurück in ihre Ställe, das Fell noch erwärmt von den Strahlen der Nachmittagssonne. Katzen schmiegten wohlig ihre Körper an die heißen Steinwände und schnurrten mit dem leisen Wind, der die Blätter sanft bewegte, im Takt. Die Familie versammelte sich in der Wohnküche, um die Erlebnisse des Tages zu teilen und das Abendessen zu genießen. Eine Zeit der Gemeinschaft, des Verweilens, ohne Hasten, ohne Pflichten, geprägt von Liebe und Nähe.

So war es immer und so liebte sie es. Dieses Leben zeigte Beständigkeit und versprach Sicherheit. Aber bald, so spürte sie, änderte sich etwas. Lena feierte am nächsten Tag ihren achtzehnten Geburtstag und würde zum Studium in die Stadt ziehen.

Volljährigkeit erlangen. Erwachsensein dürfen. Freiheit spüren. Verantwortung tragen.

Das erwartete Hochgefühl stellte sich nicht ein. Im Gegenteil, sie spürte eine Angst in sich hochkriechen, die sie lähmte. Verlor sie mit ihrem achtzehnten Geburtstag so etwas wie: Aufgefangen werden können. Kind sein dürfen. Heimat fühlen und Zuflucht finden?

Sie hatte sich schon öfter die Frage gestellt, was Heimat überhaupt war. Konnte man sie kaufen, gewinnen und auch wieder verlieren? Wenn sie käuflich war, wo war sie zu erwerben? Sie hatte viele Fragen und fand keine Antworten. Nur eines wusste sie, in der Stadt war sie allein und das Leben: Lauter, hektischer und fremder.

Von Unruhe aber auch Vorfreude getrieben ging Lena an diesem Abend ins Bett, las ein paar Seiten in ihrem Lieblingsbuch „Der kleine Prinz", schlief ein und träumte ...

In ihrem Traum sah sie sich selbst als Kind auf einer Reise in das Land der Regenbogen. Lena liebte deren Farbspiel. Es verband den Boden, auf dem sie stand, mit dem Himmel, in den sie nur schauen konnte. Und dort, wo der größte aller Regenbogen zu Hause war, lag sie, die kleine Lena, schlafend auf einer Wiese, die mit Gänseblümchen übersät war. Als sie erwachte, erblickte sie einen gigantischen Himmelsbogen und verfolgte gespannt die bunten Bahnen mit den Augen bis zu ihrem höchsten Punkt.

Wer wohl dort oben lebte und sich in den Wolken-
bergen versteckte?

Der Regenbogen und seine Geheimnisse zogen das
Mädchen magisch an. Schnell lief sie zu der Stelle,
an der die Himmelsleiter die Erde berührte, und
kletterte sie hinauf. Ermattet von der Anstrengung
ruhte sich Lena in ihrem Himmelsbett aus.

Da sprach eine liebevolle Stimme zu ihr. Überrascht
blickte sie auf. Eine Lichtgestalt lächelte ihr vom
Rande der Wolke zu.

„Hallo, kleine Lena, wie schön, dich zu sehen!"

„Wer bist du?", frage sie erstaunt.

„Ich bin ein Engel und heiße Jakob. Ich lebe auf
dieser Wolke."

„Und wo bin ich hier?"

„Du bist den Regenbogen hinauf in den Himmel
geklettert. Ich denke, du suchst tief in dir nach Antworten auf deine Fragen. Vielleicht kann ich dir
dabei helfen. Möchtest du mir von dir erzählen?"

Lena nickte und schaute den Engel erwartungsvoll
an.

„Morgen ist mein achtzehnter Geburtstag. Weil das
Studium beginnt, muss ich weg von zuhause. Ich
freue mich, aber ich habe auch Angst, wie ein kleines Kind. Dabei werde ich morgen volljährig.
Kannst Du mich verstehen?"

Der Engel lächelte und sagte: „Ja, das kann ich sogar gut. Ich möchte dir dazu eine kleine Geschichte
erzählen."

Jakob rutschte näher an Lena heran, legte den Arm um sie und machte es sich mit ihr auf seiner Wolke gemütlich. Dann begann er ...

„In einem kleinen Haus am Meer lebte Antonio mit seinen Eltern und sechs Geschwistern. Antonios Vater war Fischer und fuhr jeden Morgen aufs Meer. Seinen Fang verkaufte er in der Stadt und die Familie lebte von dem Erlös.
An einem dunklen Wintertag, damals war Antonio siebzehn Jahre alt, wütete ein Unwetter über Land und Meer. Der Sturm zerstörte das Boot und sein Vater ertrank in den Fluten.
Antonios Mutter und die Kinder blieben alleine zurück. Nun war es die Aufgabe von Antonio als ältestem Sohn, die Familie zu versorgen.
Schweren Herzens sagte seine Mutter: „Mein lieber Junge, du bist jetzt alt genug und musst dir eine Arbeit suchen. Vaters Boot ist zerstört und bringt kein Geld mehr ein. Es fällt mir nicht leicht dich wegzuschicken, doch uns bleibt keine Wahl.“
Für Antonio war es ein Schock. Leichenblass stand er vor seiner Mutter und zitterte am ganzen Körper. Zuerst starb sein Vater und nun sollte er sein Zuhause verlassen.
Der Engel machte eine Pause und sah Lena lächelnd an.
„Und wie ging es weiter?“

„Nun, er hatte das Gefühl, alles zu verlieren: Seine Geschwister, die Mutter, seine gewohnte Umgebung, Freunde, das Zuhause.

Er spürte sogleich diese innere Leere. Vermisste schon vor seinem Weggehen die Geborgenheit seiner Familie, den Halt, ihre Liebe und Nähe. Er fühlte sich einsam wie ein entwurzelter Baum."

Jakob lächelte und sagte: „Antonio wusste aber auch, dass seine Mutter recht hatte. Es war zwar eine große Aufgabe, in die Fußstapfen seines Vaters zu treten, aber Antonio war stark. Er konnte das schaffen. Also packte er sein Bündel, nahm den Wanderstock des Vaters, verabschiedete sich von der Mutter, den Geschwistern und verließ das Haus seiner Kindheit.

Antonio wanderte einen Tag Richtung Norden, bis er zu einer größeren Stadt kam. Das hektische Kommen und Gehen, die ungewöhnlichen Geräusche und die vielen Menschen verunsicherten ihn. Trotzdem lief er mutig durch die Gassen, folgte dem Strom der Männer, Frauen und Kinder. Antonio kam zu einem großen Marktplatz. Das bunte Treiben gefiel ihm und er genoss den Geruch von gebratenem Fleisch, Gewürzen und vielen anderen schönen Dingen. Er war hungrig und hatte seit Stunden nichts mehr gegessen. Einen Taler gab ihm seine Mutter für den Notfall mit und den hatte er tief in seiner Tasche vergraben.

Antonio kam an einem Marktstand vorbei, an dem ein alter Mann seine Waren anbot. Er verkaufte

Salben, Kräuter und Tinkturen, die gegen fast alle Krankheiten helfen sollten.

„Fass nur nichts an, Junge. Ich warne Dich!", schrie der Alte böse. „Verschwinde! Du störst, oder willst Du etwas kaufen?"

„Nein", sagte Antonio eingeschüchtert. „Ich will nichts bei dir kaufen. Ich suche eine Anstellung."

„Du kannst heute Abend meine Waren auf den Karren laden. Ich werde dich dafür reich belohnen", sagte der Mann.

Also setzte sich Antonio geduldig auf die Erde neben den Alten und seine Kräutermedizin. Er wartete, bis der Abend einbrach.

Der Kräutermann überließ es dem Jungen, seine Sachen auf den Pferdekarren zu packen. Er selbst ging ins nahe gelegene Wirtshaus. Als sich Antonio seinen Lohn holen wollte, lachte er ihn aus und warf einen Bierkrug hinter ihm her. Entsetzt hastete der Junge aus der Schankstube und rannte durch die Gassen, um dem wilden Alten zu entkommen.

Er fühlte sich schlecht behandelt und um sein Geld betrogen. Dass das Leben auch ungerecht und gemein sein konnte, hatte er heute zum ersten Mal erlebt.

So kehrte er der Stadt den Rücken, um sich in der näheren Umgebung einen ruhigen Schlafplatz für die Nacht zu suchen.

Auf seinem Weg kam Antonio an einem Hof vorbei. Er lag in einer Talmulde, umgeben von saftigen Weiden mit sattem Grün, auf denen Kühe und Schafe zufrieden grasten. Der Bauer saß, von den letzten Strahlen der Sonne gewärmt, vor seinem Haus auf einer Bank, rauchte eine Pfeife und schaute Antonio überrascht an. „Wohin des Weges, Junge, zu dieser späten Stunde?"

„Ich suche Arbeit und einen Platz zum Schlafen!"

Da erhob sich der Mann, ging freudig auf Antonio zu und rief: „Dich schickt der Himmel. Halt an und komm rein. Du bist bei uns herzlich willkommen. Mein Knecht hat mich verlassen und nur mit meiner Frau und Tochter kann ich die Ernte nicht einfahren. Du verdienst gutes Geld, Brot, Wein und einen Schlafplatz."

Antonio, von der Wanderschaft müde, eingeschüchtert und hungrig, folgte dem freundlichen Bauern in sein Haus. Dort saßen seine Frau und Tochter vor dem Feuer und strickten. Marie war im gleichen Alter wie Antonio und bildschön. Als sie ihm in die Augen blickte, schaute der Junge verlegen zu Boden. Sie gefiel ihm.

Es vergingen Monate und Jahre. Aus dem ängstlichen Jungen wurde ein erwachsener Mann. Die Hofarbeit erledigte Antonio, als hätte er in seinem Leben noch nie etwas anderes gemacht.

Er versorgte die Tiere, ging mit dem Bauern früh morgens auf die Felder und kam abends müde, aber zufrieden, in das alte Bauernhaus zurück. Ja, Antonio liebte seine Arbeit, denn sie zeigte ihm, wer er war und wofür er lebte. An seinen freien Tagen besuchte er seine Familie und brachte ihnen das dringend benötigte Geld.

Nur einen geringen Teil des Betrages behielt er für sich, sammelte es in einem kleinen Säckchen und versteckte seinen Schatz an einem sicheren Ort. Er war glücklich, denn hier auf dem Hof fand er, ganz tief in seinem Herzen, zu sich selbst. Das war seine wahre Heimat.

Die Bauersleute mochten den fleißigen Burschen und freuten sich, als sie sahen, wie sehr Antonio und ihre Tochter sich liebten. Als er um ihre Hand anhielt, stimmten sie freudig zu.

Antonio, der seine Mutter und Geschwister sehr vermisste, holte sie noch vor der Hochzeit zu sich auf den Hof. Von dieser Zeit an lebten alle glücklich zusammen, bis an das Ende ihrer Tage."

Der Engel verstummte. Erwartungsvoll sah er die kleine Lena an. „Verstehst du, was ich dir mit der Geschichte von Antonio zeigen wollte?"

Lena blickte Jakob in die Augen, nickte und antwortete: „Ich glaube, ich habe verstanden. Wenn ich mein Zuhause auch verlassen muss, verliere ich es nicht. Ich kann immer wieder dorthin zurückkommen."

Der Engel nickte erfreut. Lena zog ihre Stirn kraus, überlegte kurz und fuhr fort:

„Ich muss zum Studium in die Stadt ziehen, denn ich möchte so gerne Lehrerin werden. Wenn sich mein Traum erfüllt hat und mein Beruf mir Spaß macht, werde ich auch an einem anderen Ort glücklich sein können.“

„Genauso ist es!“, sagte Jakob lächelnd.

„Lena, du kannst immer wieder in deinen Heimatort zurückkommen, zu deiner Familie, dorthin, wo du geboren und aufgewachsen bist. Du hast aber auch die Möglichkeit, die Chancen, die dir begegnen, zu nutzen. Dich vom Leben treiben zu lassen, um dort anzukommen, wo du mit dir selbst glücklich und zufrieden sein kannst. Wo du sein kannst, wie du bist. Dass dir das gelingt, wünsche ich dir von ganzem Herzen!“

Jakob stand auf, fasste die Hand des Mädchens und führte sie zur Himmelsleiter. „Ich bin immer für dich da. Ruf nach mir, wenn du mich brauchst.“

Lena lächelte den Engel an. Dann kletterte sie den Regenbogen wieder hinunter und plumpste auf die Wiese.

Als Lena am nächsten Morgen erwachte, lebte der Traum in ihr weiter. Sie fühlte, dass sie erwachsen geworden war, und das lag nicht nur daran, dass sie an diesem Tag ihren achtzehnten Geburtstag feierte.

Andrea
Niehr

Alltag und Angelus

Montags
Sechs Uhr.
Die Glocken läuten zum Angelus.
Der Engel des Herrn brachte Maria die Botschaft
und sie empfing vom Heiligen Geist.
Der Rosenkranz läuft durch die zitternden Hände
meiner Großmutter.
Gegrüßet seist du, Maria, voll der Gnade.

Das Dorf ist erwacht.
Geschäftiges Treiben in den Ställen der Höfe.
Der Bäcker legt die Brötchen vor die Türen.
Bald darauf rumpelt der Schulbus mit den Kindern
Richtung Kreisstadt.
Alles geht seinen gewohnten Gang.

Und abends probt der Kirchenchor.

Dienstags
Acht Uhr.
Die Frauen folgen dem Ruf der Glocken zur Früh-
messe.
Der Herr ist mit dir.

Dann geht jeder seinem Tagwerk nach.

Auf den Feldern wird gesät, geerntet, gedroschen.
Hier gibt es immer was zu tun. Traktoren poltern die
Dorfstraße hinauf und hinunter. Unentwegt.
Der Nachbar steht am Gartenzaun und schärft das
Sensenblatt.
Zeit für einen Plausch mit den Vorbeiziehenden.
Vom Hof gegenüber ertönt lautes Quieken: der
Metzger ist eingetroffen.

Am Nachmittag läuten die Glocken erneut – auf zur
Schulmesse.
Die Kinder unterbrechen ihr Spiel nur ungern, doch
das hier ist Pflicht.
Der Lehrer führt die Aufsicht – also besser hinge-
hen.

Es war Schlachttag. Am Abend gibt es Panhas –
lecker!

Mittwochs
Zwölf Uhr.
Die Glocken künden den Mittag.
Du bist gebenedeit unter den Frauen.

Der Nachmittag plätschert eher träge dahin.
Später kommen die Männer von den Feldern
oder von der Arbeit in der Stadt oder in der Fabrik.
Dann gibt es Kaffee und frisch gebackenen Kuchen.

Abendtreffen der Frauengemeinschaft.
Beim Sticken, Stricken und Häkeln für den guten
Zweck wird der neueste Dorfklatsch ausgetauscht.

Donnerstags
... und gebenedeit ist die Frucht deines Leibes, Je-
sus.

Uneingeschränkt frei sind die Kinder am Nachmit-
tag.
Hausaufgaben gemacht und dann los.
Mit dem Fahrrad geht es durch die Felder.
Picknick am Waldrand mit stibitzten Zuckerrüben.
Ein Festmahl.

Die Abendglocke läutet.
Sechs Uhr.
Jetzt schleunigst nach Hause, sonst setzt es was.

Nach dem Abendessen ist Orchesterprobe.
Willkommene Abwechslung.

Freitags
Heilige Maria, Mutter Gottes, bitte für uns Sünder
...

Putztag.

Überall in den Häusern wird gewischt und gewienert.

Die gute Stube, kaum genutzt, wird einer besonders gründlichen Reinigung unterzogen, denn für Sonntag hat sich Besuch angekündigt.

Den ganzen Tag sind die Frauen beschäftigt.

Und die Wäsche muss auch noch gemacht werden.

15 Uhr.

Dumpf klingt die Totenglocke in den Alltag.

Kurzes Innehalten. Stille.

Irgendwo im Dorf tat ein Mensch seinen letzten Atemzug.

Hat man's erwartet, so schreckt doch die Endgültigkeit.

War's unerwartet, setzt für einen Moment der Herzschlag aus.

Am Abend dann: Totenwache.

Langes, schmerzhaftes Knien mit dem Rosenkranz in der Hand.

Der Herr gebe ihr die ewige Ruhe.

Und das ewige Licht leuchte ihr.

Samstags

... jetzt und in der Stunde unseres Todes.

Gestern wurde im Haus sauber gemacht, heute ist das Außen dran.

Straße fegen, Fensterbänke abwischen.
Weiter geht es auf dem Friedhof.
Auch hier wird alles ordentlich hergerichtet:
Grabsteine abbürsten, Unkraut zupfen, Laub ab-
sammeln.
Und natürlich Neuigkeiten austauschen.
„Ach, der Grete geht es gar nicht gut."
„Wer wohl der Nächste ist, den wir hierher tragen?"

Am Nachmittag läuten festlich die Glocken:
ein kleiner Mensch wird in die Gemeinschaft hinein
getauft.

Irgendwo wird am Abend getanzt.

Sonntags
Amen.

Die Glocken läuten. Kirchgang.
Vom Mittelgang aus gesehen
sitzen die Frauen auf der linken Seite,
die Männer auf der rechten.
Die jungen Mädchen ganz links außen,
die jungen Männer ganz rechts außen.
Die Kinder sitzen vorn, unter den gestrengen Augen
des Lehrers.

Nach der Kommunion gehen die Männer gerade-
wegs zur Tür hinaus
und ziehen weiter in die Dorfkneipe.
Die Frauen und Mädchen warten den Segen ab,
gehen nach Hause, kochen.

Später ein Spaziergang durchs Dorf und auf den
Friedhof.
Wir denken an die, die vor uns gegangen sind.

Der Abend gehört der Familie.

Montags.
Sechs Uhr.
Die Glocken läuten zum Angelus.
*Der Engel des Herrn brachte Maria die Botschaft
und sie empfing vom Heiligen Geist.*

Der Rosenkranz entgleitet den zitternden Händen
meiner Großmutter.
Ich grüße dich, Maria.
Sanft fange ich ihn auf.

Wo meine Seele wohnt

Diese nächste Kurve noch, dann kann ich einen ersten Blick erhaschen. Mein Herz schlägt schneller. Wie immer, wenn ich hier entlang fahre, weht ein scharfer Wind. Nieselregen lässt die Sicht verschwimmen. Dennoch: das Grün der Wiesen scheint hier satter, das Braun der Erde saftiger, der Fels schimmert in einem unbeschreiblichen Ocker und das Meer ist – heute – grau.
Als ich das Ziel erreiche, hört der Regen auf. Die Sonne bricht sich Bahn durch eine dichte Wolkendecke. Sanft steigt der Weg an, führt in einem weiten Bogen auf die Anhöhe. Disteln strahlen in kräftigen Lilatönen am Wegesrand. Dann – endlich – wachsen vor mir seine Mauern empor: Tantallon Castle. „Meine" Burg. Sogleich kehrt Ruhe ein in mir – hier ist meine Seele zu Hause.

Das schwere Tor steht offen, als erwarte man mich bereits. Einen Moment noch verharre ich auf den Planken der Zugbrücke. Höre auf das Glucksen des Wassers im Burggraben, auf die Möwen, die die Zinnen bevölkern. Ich lausche auf das beständige Tosen des Meeres.
Dem ortsunkundigen Leser sei an dieser Stelle gesagt, dass wir uns in den schottischen Lowlands befinden. Ganz im Osten, unweit des verschlafenen Küstenortes North Berwick, thront Tantallon Castle

auf einer hohen Klippe. Nahezu vollständig von der See umschlossen, galt es zu seinen Glanzzeiten als uneinnehmbar. Doch im Grenzland zu England war wohl nichts wirklich sicher. Ständig die Seiten wechselnd standen die Earls of Angus, über Jahrhunderte Besitzer der Burg, mal unter englischem, mal unter schottischem Beschuss. Tantallon blieb irgendwann als imposante Ruine zurück.

Ich trete ein. Die gewaltigen Mauern nehmen mich unmittelbar gefangen. Ich muss sie berühren, ihre Kraft spüren, die Wahrheit ihrer Erinnerungen aufsaugen. Es kribbelt unter meiner Haut, als ich den dunklen Gang durchquere. Schnell werfe ich einen Blick in die ehemalige Küche. Doch schon gerate ich in einen vertrauten, unaufhörlichen Sog. Eine innere Zeitreise, von so großer Intensität, dass ich mich ihr nicht entziehen kann. Wie von selbst erklimmen die Füße die steilen Stufen hinauf in den Turm. Auf den Überresten eines Fenstersimses werde ich zu einem Kind vergangener Tage. Tiefer und tiefer gleite ich zurück, Bilder füllen sich mit Leben. In der herrschaftlichen Halle prasselt ein Feuer. Von dem gewaltigen Rind auf dem Spieß im Kamin tropft das Fett zischend in die Glut. An den groben Holztischen feiern die Männer, die soeben von einem Feldzug kamen. Frauen tragen schwere Krüge mit Bier, scherzen mit den siegreichen Helden. Die ausgelassene Stimmung dringt bis in die oberen Stockwerke.

Zugleich fasziniert und ängstlich beobachte ich meine Mutter, die sich mit einer Schale voller Karotten durch die Tischreihen zwängt. Schnell ziehe ich den Kopf weg. Wenn sie mich hier sieht, gibt es ein heftiges Donnerwetter. Längst sollte ich im Bett liegen und schlafen …

Eine Windbö beendet den Tagtraum. Auch das gehört zu den vielen Besuchen auf Tantallon: Ich sehe Bilder aus vergangenen Zeiten. Was mich wohl mit diesem Ort verbindet?

Der Blick erfasst nun die gesamte Burganlage: alte Gemäuer mit dramatischer Geschichte. Blutige Fehden, hehre Siege, unbeschwerte Romanzen, monarchistische Eheversprechen – all das haben diese Steine gesehen. So wie ich heute hat vielleicht ein kleines Mädchen vor Jahrhunderten übers Meer geschaut, hinüber zum Bass Rock, dem riesigen Vogelfelsen, und fasziniert dem Treiben der unzähligen Tiere zugeschaut.

Und tief unter ihr – und mir – rollt das Wasser sacht am Ufer aus.

Diese wunderbare Burg – für mich ein magischer Ort. Jede Reise nach Schottland führt mindestens einen Tag hierher. Fast immer nieselt es. Ich höre das Schreien der Möwen aus der Ferne, schaue den Wellen zu, die sich am Strand brechen. Ersinne Geschichten aus einer anderen Zeit.

Und wer weiß: vielleicht begegnet mir ja wieder einmal die legendäre weinende Frau, die seit Jahrhunderten hier spukt. Ich bin sicher, ich sah ihren Schatten hoch oben im Nordturm. Was sie wohl erlebt hat, hier, in den alten Mauern von Tantallon Castle?

Ulrich Bienert

Es ist Herbst

Die Natur ist bunt und stimmt mich frohgemut.
Dämmerung und Besinnung beginnen früher.
Abend und innere Einkehr dauern an.
In der langen Nacht flüstert meine Seele.
Morgengrauen erwacht und die Schatten schwinden.
Für den kommenden Tag wünsche ich mir die Natur
wieder bunt.

Der widerliche Tag und der Verstand

Das scheußlich kalte Wetter, Ostwind mit Regen, spüre ich im Gesicht und an den Händen.
Allseits umströmen mich starke Windböen mit peitschendem, kaltem Schlagregen.
Zum Schutz von Hals und Gesicht ziehe ich meinen Schal hoch bis über die Ohren und meine Pudelmütze tief über die Stirn bis an die Augen.

Meine Jeans fühlt sich kalt und klamm an. Mein Parka saugt den Regen auf.
Ich habe den Familienschirm aus dem Auto mitgenommen. Kaum geöffnet beginnt der Kampf gegen den scharfen Wind.
Dann geschieht es. Das aufgespannte Regendach wird samt Gestänge umgestülpt. Der Schirm verformt sich vor meinen Augen zu Schrott und landet in einem städtischen Mülleimer.

Die Aussicht ist weiterhin trist. Himmel und Erde fügen sich grau zusammen.
Meine Gefühle und Gedanken könnten genauso wie dieser Tag sein.
Ich habe es in der Hand, aus diesem scheußlichen Tag etwas besonders Schönes für mich zu machen.

Zuhause genieße ich die behagliche Wärme meines Wohnzimmers mit einem Tee bei Kerzenschein. Ich mache ein paar Yoga-Übungen: den Sonnengruß, den Helden und das Kamel. Ich reinige meinen Tempel.

Ich blicke aus dem Panoramafenster und schaue dem wilden Treiben des Unwetters zu.

Mein Zuhause bietet mir Schutz. Hier darf ich so sein wie ich bin.

Verwandlung

graue Müdigkeit
triefnass
kalt

warmes Zuhause schützt
Blick durchs Fenster
Krokusse am Boden
Kraniche am Himmel
ich wünsch mir alles
bunt über Nacht

Geduld

Stück für Stück
erwacht der Frühlingssegen
lebendig im hellen Sonnenschein

Heidi
Binn

Heimatlandschaft

Ländliche Idylle?
Von wegen!

Fracking, Quecksilber
In der Natur
In der Heimat

Krebslandschaft!

Heimat

Stadt
Staub, Lärm, Enge,
Heimat warst du mir.

Land
Luft, Stille, Weite,
Heimat bist du mir.

Glückliches Ich !

Nikolausabend 1956

Zwei kleine Mädchen, Anna und Frieda, vier und sechs Jahre alt, haben ihre Winterstiefelchen frisch geputzt und blitze blank in froher Erwartung des Nikolaus vor die Wohnungstür in den Hausflur gestellt.

Sie liegen schon im Bett, als es an der Wohnungstür klingelt.

Die Zimmertür steht offen, sodass sie von ihren Betten aus in den Flur blicken können. Sie sehen, wie ihr Vater aus der Küche kommt, die Wohnungstür öffnet und den Nikolaus begrüßt. Ehe er sich zur Wehr setzen kann, drängt sich ein schwarzer Mann in den Flur und schlägt mit einer Rute zu. Schützend hält der Vater seine Hände über den Kopf. Laut „HO, HO, HO" rufend kommt der Nikolaus schnurstracks auf die Kinder zu.

Er schleift seinen Sack hinter sich her, in dem die bösen Kinder stecken, wie die Mutter ihnen erzählt hat. Und der schwarze Mann muss der gefürchtete Knecht Ruprecht sein.

Beide Mädchen verkriechen sich unter ihren Bettdecken, vor Angst zitternd, leise weinend. Was geschieht hier gerade Schreckliches? Papa wird von Knecht Ruprecht verprügelt. Warum? Was ist hier los? Wo ist Mama?

Da stürzt die Mutter aus der Küche, entreißt Knecht Ruprecht die Rute, wirft ihn hinaus. Sie läuft ins

Kinderzimmer und flüstert dem Nikolaus etwas ins Ohr. Er kramt sein goldenes Buch hervor, aus dem er den Mädchen ein paar harmlose Missetaten vorliest. Schließlich nimmt er den Kindern das Versprechen ab, zukünftig immer ganz lieb zu sein.

Alles hätten die beiden versprochen, Hauptsache, er verschwindet.

Wortlos überreicht er ihnen ein paar Süßigkeiten, dreht sich auf dem Absatz um und verlässt die Wohnung.

Wie erstarrt bleiben die Mädchen in ihren Betten zurück. Vergeblich versuchen die Eltern Trost zu spenden. Schluchzend schlafen die Kinder ein.

Am nächsten Morgen stottert die Vierjährige und die Sechsjährige hat in der Nacht alle Fingernägel abgekaut.

Alte Heimat, neue Heimat

Meine alte Heimat war der Kohlenpott. Die ersten zehn Jahre meines Lebens verbrachte ich in Essen. Nicht im feinen Süden, am Baldeneysee, nein, im Norden der Stadt, in Altenessen, mit Aussicht auf schwarze Kohlenhalden.

Ich wohnte mit meinen Eltern und meiner kleinen Schwester in einer Dreizimmerwohnung ohne Bad, aber mit Balkon und Toilette, in der ersten Etage eines grauen Mehrfamilienhauses.

Alltagsleben

Das Alltagsleben spielte sich in unserer Wohnküche ab. Mittendrin stand ein rechteckiger Holztisch mit vier Stühlen, an den Wänden eine Anrichte, ein Sofa, ein Kohleherd und ein Kühlschrank mit einem Radio obendrauf. Das Radio spielte eine wichtige Rolle in unserem Alltagsleben: Wir hörten regelmäßig die Nachrichten, lauschten am Sonntag nach dem Mittagessen der Kinderstunde, waren fasziniert von Hörspielen. Von der Küche gelangte man auf einen Balkon, der zum Süden ausgerichtet war, ausreichend Platz zum Spielen bot und im Sommer mit Blumenkästen voller bunter Petunien geschmückt wurde.

Unser Schlafzimmer mit dem Elternbett in der Mitte lag am Ende eines langen schmalen Flurs. Rechts und links neben dem Ehebett standen unsere Kinderbetten, eins für meine Schwester, das andere für mich. Vom Schlafzimmer gelangte man ins Wohnzimmer. Wenn Besuch kam, musste der immer durch das Schlafzimmer laufen, was meiner Mutter unangenehm war, aber im Wohnzimmer war es zu laut. Damals waren die Fenster nur einfach verglast und der Straßenlärm hätte unseren Schlaf empfindlich gestört, wenn wir dort das Schlafzimmer eingerichtet hätten.

Auch im Wohnzimmer stand der Tisch in der Mitte, eingerahmt von einem Sofa, zwei Sesseln und einem Schrank. Es wurde nur sonntags und an Feiertagen benutzt.

Samstags wurde aus der Küche ein Badezimmer. Dann holte meine Mutter die Zinkwanne aus dem Keller, stellte sie auf den Küchenboden vor das Spülbecken und bereitete auf dem Ofen heißes Wasser zu. Alle Familienmitglieder stiegen nacheinander in die Wanne, zuerst wir Kinder, zuletzt meine Mutter. Während wir Kinder nach dem Baden ins Bett mussten und selig einschliefen, putzte unsere Mutter mit dem Badewasser den Linoleumboden in der Küche, ehe sie die Wanne in den Keller zurück brachte. Heißes Wasser war kostbar.

Hinter dem Haus befand sich ein Hof umgeben von einer Mauer, die unser Hausgrundstück von den benachbarten Grundstücken abgrenzte. Die kleine Rasenfläche und ein paar Blumenbeete wurden liebevoll von meiner Mutter gepflegt. Die zwischen

zwei Teppichstangen gespannten Wäscheleinen
waren meist verwaist. Der Kohlenstaub der benachbarten Halden machte auch vor frisch gewaschener
Wäsche nicht Halt. Den Duft eines üppig blühenden
Rosenstrauchs habe ich aber heute noch in der Nase,
wenn ich an meine Essener Heimat zurück denke.
Wir Kinder spielten jedoch nicht in diesem Hinter-
hof.

Spielplatz Straße

Unser Spielplatz war die Straße. Rollschuhlaufen
fand ich toll. Mit meinen Freunden wartete ich am
Straßenrand auf Kohle- und Limolieferwagen, an
die wir uns hinten anhängten und uns mitziehen
ließen. Diese Art der Fortbewegung war nicht ganz
ungefährlich, aber wir hatten Glück: außer kleineren
Blessuren ist nie etwas Ernsthaftes passiert. Meine
Eltern waren natürlich nicht eingeweiht, das wäre
das Ende meiner Rollschuhkarriere gewesen. Ein
ebenso beliebter wie verbotener Spielplatz war der
Altenessener Güterbahnhof, ideal zum Spielen. Aus-
rangierte Waggons boten einzigartige Verstecke.
Verwaiste Trümmergrundstücke, wo wir Buden
bauten, in denen wir auch bei schlechtem Wetter
Unterschlupf fanden, zählten ebenfalls zu unseren
bevorzugten Aufenthaltsorten. Dort bargen wir
manchen Schatz. Aus Ziegelsteinen und Brettern
bauten wir Sitzbänke, Scherben wurden zu Mosaik-
fußböden zusammengefügt, rostige Nägel dienten

als Kleiderhaken. Mit Feuereifer waren wir Baumeister bei der Sache.

Glücksmomente

Meine beste Freundin hieß Renate. Sie war nicht so wild wie ich, sie spielte lieber mit Puppen. Ihr zuliebe wurde ich auch eine passable Puppenmutter und so spazierten wir oft mit unseren Puppenwagen zum Kaiserpark, einer grünen Oase im kohlegeschwärzten Essener Norden, fütterten die Enten an einem kleinen Teich und waren glücklich. Noch mehr Glück verspürte ich an manchen Sonntagen, an denen ich mit Renate am Nachmittag ins Kino gehen durfte. Wir liebten Karl May Filme. Winnetou und Old Shatterhand waren unsere Helden. Damals schwärmte ich aber auch schon für Götz George, der in „Der Schatz im Silbersee" als „Fred Engel" einen sehr gut aussehenden, starken jungen Mann spielte. Wenn ich mit Renate im Kino saß, fühlte ich mich ziemlich erwachsen, dabei waren wir erst 10. Frühreif!
Im Frühjahr 1960 wurde ich Schülerin des Mädchengymnasiums Luisenschule im Essener Süden. Damals begann das neue Schuljahr nach den Osterferien, das Mädchengymnasium nannte man noch Lyzeum, aufgenommen wurde man nur nach einer bestandenen Aufnahmeprüfung und Schulgeld musste auch noch bezahlt werden. Mächtig stolz

fuhr ich also mit der Straßenbahn durch die Stadt von Nord nach Süd und zurück.

Auch mein Vater nahm die Straßenbahn, um zu seinem Arbeitsplatz zu kommen. Morgens fuhren wir oft gemeinsam, da wir dieselbe Linie benutzen konnten. Ich musste nur zwei Stationen eher aussteigen. Manchmal holte ich meinen Vater am Nachmittag an der Haltestelle ab und wir hielten gemeinsam Einkehr in seiner Stammkneipe. Vater genoss sein Feierabendbier, ich meine Limo.

Neuanfang

Im Sommer 1960 fuhren wir auffällig häufig mit dem Opel Rekord meines Onkels ins Oberbergische, wo einige Vettern meines Vaters lebten. Einer von ihnen war Onkel Arthur, ein Architekt, der den Auftrag hatte, für meine Eltern ein Einfamilienhaus zu bauen.

Ich litt Höllenqualen bei der Vorstellung, meine Essener Heimat verlassen zu müssen. Wir Kinder wurden nicht gefragt, nicht in die Planung einbezogen. Mir wurde übel bei dem Gedanken, meiner vertrauten Heimat den Rücken kehren zu müssen. Meine Eltern waren hingegen völlig aus dem Häuschen. Sie wurden stolze Besitzer eines Eigenheims.

Ein eigenes Haus mit einem eigenen Kinderzimmer! Das war verlockend, aber die Sache hatte einen entscheidenden Haken: Das Haus stand 120 Kilometer entfernt von Essen im Oberbergischen Land am

Rande eines kleinen Dorfes, das heute zur Stadt Wiehl gehört. Da wollte ich nicht hin. Was sollte ich da? Niemand hatte mich gefragt, aber ich musste mit. Ich war machtlos, der Abschied tränenreich. Nur das gegenseitige Gelöbnis, täglich der Freundin einen Brief zu schreiben, milderte die Pein.

Am 1. November zogen wir um. Unsere wenigen Habseligkeiten waren zügig im riesigen Umzugswagen verstaut, selbst der Rosenstrauch war eigenhändig von meiner Mutter ausgegraben worden und sollte einen Ehrenplatz im neuen Garten bekommen. Meine Familie durfte im Führerhaus des Lkw mitfahren. Das war abenteuerlich. Ich hatte noch nie in einem Lkw gesessen und genoss die Aussicht. Je näher wir unserem neuen Domizil kamen, desto aufgeregter wurde ich. Auf den letzten Kilometern musste ich mich übergeben. War es die Aufregung oder die kurvenreiche Strecke? Wahrscheinlich beides zusammen. Übergeben habe ich mich in der darauf folgenden Zeit häufig. Ich musste mit dem Schulbus zur Schule nach Gummersbach fahren. Busfahren war ich nicht gewohnt. Immer wieder hielt der Fahrer meinetwegen an. Ich krümmte mich dann am Straßenrand und alle schauten zu. Es war zum Kotzen!

Das neue Haus

Das neue Haus aber gefiel mir. Auf einer grünen Wiese stand es mit seinem strahlend weißen Außen-

putz! So weiße Häuser hatte ich in Essen nicht gesehen. Endlich konnte meine Mutter die Wäsche draußen zum Trocknen aufhängen. Auch die Fensterbänke mussten nicht mehr täglich vom Kohlestaub
befreit werden.

Und so viel Wohnraum auf zwei Etagen, der pure
Luxus! Eichenparkett im Wohn- und Esszimmer, ein
Badezimmer mit eingebauter Wanne, mit Duschka-
bine und Toilette, ich war sprachlos. Sogar eine
Garage gehörte zum Haus, dabei hatten wir weder
Auto noch Führerschein. Wollte meine Mutter etwa
jetzt noch das Autofahren lernen? Sie war schon 45
Jahre alt. Mein Vater hatte ein anderes Handikap,
das es ihm unmöglich machte einen Führerschein zu
erwerben. Aber das ist ein anderes Thema.

Mein Zimmer war spärlich möbliert. Es enthielt nur
das Nötigste: ein Bett, einen Kleiderschrank, einen
Stuhl vor dem kleinen Schreibtisch am Fenster, und
einen knallroten Sessel, den ich heute noch besitze.

Oft saß ich am Schreibtisch, starrte aus dem Fenster,
beobachtete die Kühe des benachbarten Bauern,
anstatt Hausaufgaben zu machen, und träumte von
meiner alten Heimat. Anfangs klappte es wunderbar
mit den täglich hin und her fliegenden Briefen, aber
schon nach wenigen Wochen wurden sie seltener,
bis der Briefverkehr schließlich einschlief. Wie sehr
vermisste ich meine Essener Freunde. Hier auf dem
Land war es viel schwieriger, Freundschaften zu
knüpfen und zu pflegen. Meine Klassenkameradin-
nen wohnten einige Kilometer entfernt, Straßenbah-

nen gab es nicht, die Busse fuhren viel zu selten und ein Auto hatten wir nicht. Ich saß fest in diesem Nest.

Besuch aus Essen

Wie ich vermisste meine Mutter ihre gute Freundin, die leider nur einmal zu Besuch kam. Diesen Besuch werde ich nie vergessen. Die Wiedersehensfreude war riesig, die Bewunderung für das neue Haus überschwänglich, der Abschied tränenreich. Was war passiert? Den ganzen Nachmittag war die Freundin mit ihren nagelneuen Stöckelschuhen und den Pfennigabsätzen über das Parkett gelaufen. Überall hatte sie Spuren hinterlassen. Der Fußboden im Wohnbereich war übersät von kleinen Dellen. Meine Mutter war fassungslos. Ihre Freundin sah sie nie wieder.

Angekommen

Erst Jahre später wurde der Boden abgeschliffen und neu versiegelt. Da hatten wir längst in der neuen Heimat Wurzeln geschlagen. Wie die von uns im Garten gepflanzten Obstbäume, die reichlich Früchte trugen. Der heiß geliebte Rosenstrauch aber hatte die Verpflanzung in das raue Oberbergische Land nicht überlebt.
Wir hatten neue Freunde gefunden. Die schlaflosen Nächte, die Angst der Eltern, die Kredite für das

Haus nicht bezahlen zu können, gehörten der Vergangenheit an.

In der Garage stand das lang ersehnte Auto, ein nagelneuer Ford Taunus, ein Coupé in silbergraumetallic, todschick! Ich hatte die Führerscheinprüfung bestanden und war zum Chauffeur der Familie auserkoren worden, obwohl ich erst 16 war.

Heute, fünfzig Jahre später, wohne ich immer noch im Oberbergischen Land, aber nicht mehr in meinem Elternhaus, und bin mit dem Mann verheiratet, den ich damals dank des Fords kennen gelernt habe. Bei ihm war es Liebe auf den ersten Blick.
Ich glaube, damit meinte er das Auto.

Angelika van Kerkom

Flug durch das Jahr

Von der Reise zurück, bin ich froh, wieder daheim zu sein.

Das Gepäck abgestellt, steige ich schnell die Treppe hinauf, öffne das Fenster, atme tief die frische Heimatluft ein und fühle mich wohl in meiner vertrauten Umgebung.

Oft stehe ich hier, lasse in einer besinnlichen Stunde die vier Jahreszeiten passieren.

Keine davon möchte ich missen.

Ich freue mich, wenn das Frühjahr beginnt und die Natur zu neuem Leben erwacht.

Schneeglöckchen stecken ihre Köpfchen aus der Erde. Das erste Grün zeigt sich an Bäumen und Sträuchern, Vögel flöten ihre schönsten Lieder. Die Sonne erscheint schon früher über dem Ählenberg, der Start in die erste Jahreszeit beginnt.

Wie schnell die Zeit vergeht, die Tage werden länger, der Sommer hält seinen Einzug. Die Schwalben kehren aus dem Süden zurück und bauen an Nachbars Scheune ihre Nester. Schon bald kann ich die ersten Flugversuche beobachten.

Wenn ich abends in der Dämmerung am Fenster sitze, die laue Luft genieße, fliegen Glühwürmchen vorbei und lassen sich im Quittenstrauch nieder.

Wetterleuchten in der Ferne erhellt hin und wieder die zunehmende Dunkelheit.

Ich werde müde und beginne zu träumen.

Ich sehe den Herbst mit seinen buntgefärbten Bäumen. Von den Stoppelfeldern her erklingt Kinderlachen, ihre Drachen tanzen hoch in der Luft.

Ich beobachte die Stare, sie sitzen auf dem Lichtdraht, zum Abflug bereit.

Schön ist es, wenn die Kraniche am abendroten Himmel in langer Schneise südwärts ziehen. Es erinnert mich daran, dass der Winter naht.

Auch diese Jahreszeit hat ihre Schönheiten.

Ich blicke hinunter ins Aggertal. Die mit Schnee bedeckten Büsche, Wiesen und Felder glitzern im Sonnenschein, es gleicht einer Märchen-Landschaft.

Gegenüber im Garten bauen Kinder einen Schneemann, meine Jugendtage fallen mir ein.

Nun sitze ich hier in der warmen Stube am Fenster, sehe den Schneeflocken zu, wie sie vorbeitanzen, oder vom Wind in alle Himmelsrichtungen geblasen werden.

Dann lasse ich meinen Gedanken freien Lauf, oft denke ich dann schon an das neue Jahr.

Das Leben geht weiter, so as d'r leiwe Herrchott well.

Sommer-Affschied

Eck ha' en Oowend-Spazierchang jematt
un donne bie'm Büsch opp de Bank jesatt.
Lehnte mick terück förr'n besinnliche Stunde,
leit miene Ogen choon in d'r chanzen Runde.
Et wörd Härwst, dache eck in mienem Sinn,
dä Sommer packt siene Saaken in.
Dei Sunne keek aanjestrengt, koom nich mee so hoch,
en Vogel beschwingt in de Bööme flog.
Eck ha' emm bis dohenn nohjesein,
mie feil opp, datt Loof wor nich mee so chreun.
In allerlei Farwen lüchtete ett bunt,
't scheen, as süchte ett en Chrund,
opp-te-wiersen watt d'r Härwst mett sick brängt,
datt m'r baal aan de neue Johrestiet denkt.
Mancher Dichter hät vamm „Choldenen Oktober"
jeschrierwen
eck jeerwe emm recht, 't es nich öwwerdrierwen.
M'r mutt sick bloß ümm seihn, kann so villes entde-
cken,
passt opp, wie dä Eikhörncher dei Nötte verstäken,
datt Müüs'chen mett 'ner Koorn-Ähre flott in't Lock
rinnkrüpt
d'r Bussard dräächte 'ne Runde, datt hei ett nich
süht.
Opp 'm Stoppelfeld zirpte en Chrille chanz leise,
datt hoorte sick aan, as wör't erre Affschieds-Weise.
Opp eenmool klung do en Kingerlachen,

sei koomen jeloopen mett erren Drachen,
hoch in d'r Luft danzten sei flott im Wind.
„Süh' ens, hei schlät en Salto" reip een Kind.
Eck feulte mick terück versatt in miene Jugendtiet,
watt wor m'r do jlücklich, un as m'r meinte ook riek.
Vader ha' denn Windvogel selwer jematt,
un mett Kleister bunte Punkte dropp jesatt.
Dei steg so hoch, m'r ha' sienen Spass,
alt ens landete hei kopp-öwwer im Chrass.
Allmählich versunk dä Sunne hinger denn Böömen,
d'r Alldag ha' mick wier, uut wor't mett mienen
Dröömen.
Aandächtig jing mien Blick opp'n Berg un in't Daal,
datt Oowendrot lüchtete öwwerall
jlänzend, rotcholden in Wald un Flur
watt es et doch schön in „Chottes Natur."

Die AutorInnen stellen sich vor:

Monica Buchfeld
Jahrgang 1948, aktiv im Ruhestand. 18 Jahre lang Leiterin der SchreibWerkstatt Gummersbach.
Gedichtbände „zeilen sprung" und „trotz dem", Sammelband „blatt werk",
Lyrikcassette „komm, lege deinen kopf", zahlreiche Veröffentlichungen in Zeitschriften und Anthologien.
Inge-Czernik-Förderpreis 2008 (2. Platz)

Annelie Joram
Jahrgang 1928, Medizinisch-Technische Assistentin. Schreibt Kurz– und Reisegeschichten und Märchen, die durch ihre Reisen angeregt wurden.

Uta Lösken
Jahrgang 1962, Freiberuflerin (Nachhilfe, Mediengestaltung), seit 2010 Leiterin der SchreibWerkstatt Gummersbach. Schreibt Lyrik, Kurzgeschichten und Reiseimpressionen. Bücher: „Ins Wolkenlicht geschrieben" (Lyrik), „Im Atem des Meeres" (Geschichten, Gedichte), „Kerzenquartett" (Erzählung), „Mitten aus der Nacht" (kriminelle Geschichten), „und dreht sich einfach weiter" (Limericks und andere Gereimtheiten). Beiträge in verschiedenen Anthologien. Homepage: www.loeskenweb.de

Karin Nagelschmidt

Jahrgang 1957. Aufgewachsen in Köln, lebt und arbeitet in Gummersbach, schreibt überwiegend Prosa.

Brigitte Troeger

Jahrgang 1941, Lehrerin, Mitarbeiterin in diakonischem Projekt in Assuan/Ägypten (1966 – 1975).
Bücher: „Luft wie Samt und Seide – heitere und bewegende Geschichten einer Pfarrfrau im Orient", „Brennende Augen. Johannes Lepsius – Ein Leben für die Armenier" (Biografische Erzählung), „Florence Nightingale – Engel der Verlassenen" (Biografische Erzählung), „Sieben Koffer und ein Kinderwagen" (Erinnerungen an ihre Nachkriegskindheit).

Uwe Vitz

Jahrgang 1966, Angestellter im öffentlichen Dienst. Betreiber des Internetprojektes „Würfelwelt" (wuerfelwelt.log.ag). Veröffentlichungen in Anthologien der SchreibWerkstatt Gummersbach. Rezensionen im Internetprojekt „Flash" und in „Magira".

Dorothee Hövel-Kleibrink

Jahrgang 1971, Lehrerin, lebt in Köln. Schreibt überwiegend Lyrik und Kurzprosa. Veröffentlichungen in verschiedenen Literaturzeitschriften und Anthologien. Teilnahme an Literaturprojekten.

1. Preis im Wettbewerb *poems of good hope* von missio München et al. 2010/2011.
Homepage: www.kleibrinkundhoevel.de

Christine Scharlipp
Jahrgang 1964, Altenpflegerin. Am Bodensee aufgewachsen und seit 1999 in Gummersbach zuhause. Schreibt Lyrik.

Conny Heitmann
Jahrgang 1966, lebt und arbeitet im Oberbergischen. Beim Schreiben, meist unter dem Pseudonym Roberta C. Keil, entflieht sie für kurze Zeit dem Alltag, taucht in andere Charaktere und deren Welten ein. Sie schreibt Romane in den Genres Spannende Romantik, Krimi und Drama. Und ab und zu fasst sie ihre Gedanken in Kurzprosa zusammen. Veröffentlichungen: Roberta C. Keil „Käfig aus Angst" (E-Book bei Amazon)
Homepage: robertackcil.wix.com/author-blog

Petra Dehler
Jahrgang 1962, Unternehmerin (Haarkompetenz-Zentrum Gummersbach). Schreibt Kurzgeschichten, Krimis und Romane. Veröffentlichungen von medizinischen Fach- und Pressetexten.

Andrea Niehr

Jahrgang 1964, Schulleiterin, lebt in Waldbröl. Schreibt Lyrik und Prosa. Veröffentlichungen: „Fenter zum Ich" (Lyrik), Lyrik und Kurzgeschichten in verschiedenen Anthologien.
Homepage: www.ecribani.de

Ulrich Bienert

Jahrgang 1956, Projektleiter. Schreibt Prosa über alltägliche Lebenssituationen. Weiteres Hobby: Kunstgestaltung.

Heidi Binn

Jahrgang 1950, Lehrerin im Ruhestand. Schreibt Geschichten mit autobiographischem Hintergrund.

Angelika van Kerkom-Selbach

Jahrgang 1923, Buchbinderin. Schreibt in Mundart und Hochdeutsch, um Erlebnisse aus dem Dorfleben vor dem Vergessen zu bewahren und Aktuelles festzuhalten. Beiträge in zahlreichen, vorwiegend oberbergischen Anthologien, Mundart-Vorträge in Radio und Fernsehen. Bücher: „Alt Bernberg" und „In Chummerschbacher Platt".
Inzwischen fortgezogen, aber immer noch der SchreibWerkstatt verbunden.

Ein Blick in die SchreibWerkstatt

Die SchreibWerkstatt Gummersbach gibt es seit über dreißig Jahren als Treffpunkt für Autorinnen und Autoren.

Alle 14 Tage treffen sich die Mitglieder, um gemeinsam an ihren Texten zu arbeiten. Die Bandbreite reicht von Lyrik über Kurzgeschichten bis hin zu Romanprojekten.
Wer einen Text vorstellt, erwartet respektvolle und konstruktive Kritik. Ziel ist, das Bestmögliche herauszuholen, wobei die Individualität der Geschichten und Gedichte, die spezielle Sprache der einzelnen Autorinnen und Autoren erhalten bleiben.

Leseabende mit Musikbegleitung und verschiedene Anthologieprojekte geben Einblicke in das vielseitige Schaffen der Autorinnen und Autoren.

Im Internet präsentiert sich die SchreibWerkstatt Gummersbach auf www.schreibwerkstatt-gm.de

Ansprechpartnerin für weitere Informationen ist Uta Lösken (Tel.: 02265 706 7706)

Inhalt

Ebenfalls aus der SchreibWerkstatt Gummersbach:

Blickwinkel

Geschichten und Gedichte

Begegnungen, Beziehungen, Konfrontation. Menschen treffen aufeinander, auf fremde Kulturen, auf unbekannte Situationen, auf sich selber. Und immer bringen sie dabei ihren persönlichen Blickwinkel mit.

In ihren Geschichten und Gedichten beschäftigen sich neun Autorinnen und ein Autor mit diesem Blick auf die Welt aus ganz unterschiedlichen Perspektiven.

Taschenbuch, 180 Seiten, 9,90 €
Books on Demand, Norderstedt 2013
ISBN 9-783732-283385

Ein vielfarbiges Kaleidoskop von Geschichten und
Gedichten aus der SchreibWerkstatt Gummersbach:

sage und schreibe
Anthologie zum 30jährigen Bestehen

In Worte fassen, was bewegt, festhalten, was als bloßer Gedanke flüchtig wäre – Bedürfnis jeder Schriftstellerin, jedes Schriftstellers. Sprachbilder malen, erzählen, mitteilen.

Mit diesem Buch geben die zwölf AutorInne Einblicke in ihre literarische Arbeit und in die Arbeit der SchreibWerkstatt Gummersbach.

So unterschiedlich wie die Lebensalter sind auch die Themen und die individuellen Stile.

Schauen Sie in die Schreibstuben der AutorInnen, die sich in der SchreibWerkstatt Gummersbach regelmäßig treffen -
und das sage und schreibe seit dreißig Jahren.

Taschenbuch, 180 Seiten, 9,90 €
Books on Demand, Norderstedt 2010
ISBN 9-783839-161371

Ebenfalls aus der SchreibWerkstatt Gummersbach:

Jahrhunderte Leben
Geschichten aus der Geschichte

Da sind Katrin, der die Verfolgung als Hexe droht und Jonas, der gegen den Willen der Kirche das Vogelschie-ßen wieder aufleben lassen möchte. Oder Anna und Marthe, die in der napoleonischen Kriegszeit um ihren Mann und Sohn ban-gen. Da sind Frauen und Männer, die ihren Teil von 900 Jahren Geschichte in und um Gummersbach erlebt haben und heute noch erleben.

Von diesen Menschen erzählen die Geschichten der AutorInnen aus der SchreibWerkstatt.

Kein Geschichtsbuch, sondern ein Geschichten-Buch, das einen spannenden Querschnitt bietet durch
Jahrhunderte Leben

Taschenbuch, 148 Seiten, 9,90 €
Books on Demand, Norderstedt 2009
ISBN 9-783837-035285